情熱はほろ苦く

リン・グレアム
田村たつ子 訳

BITTERSWEET PASSION

by Lynne Graham

This edition is published by arrangement with Harlequin Enterprises ULC.

Published by Harlequin Japan,
a Division of K.K. HarperCollins Japan, 2023

リン・グレアム

北アイルランド出身。10代のころからロマンス小説の熱心な読者で、初めて自分で書いたのは15歳のとき。大学で法律を学び、卒業後に14歳のときからの恋人と結婚。この結婚は一度破綻したが、数年後、同じ男性と恋に落ちて再婚するという経歴の持ち主。小説を書くアイデアは、自分の想像力とこれまでの経験から得ることがほとんどで、彼女自身、今でも自家用機に乗った億万長者にさらわれることを夢見ていると話す。

◆主要登場人物

クレア・フレッチャー……………無職の二十三歳。
ミランダ…………………………クレアの親友。愛称ランディ。
アダム・フレッチャー……………クレアの義理の祖父。
カーター・フレッチャー…………アダムの孫。
サムとメイジー・モーリー………アダムの使用人。
マックス…………………………アダムの元使用人。
カヴァーデイル……………………アダムの弁護士。
デイン・ヴィスコンティ…………アダムの孫。ヴィスコンティ財閥のトップ。
ハンナ……………………………デインの秘書。
メイ・リン………………………デインの女友達。

1

「見てよ」スティーヴが頓狂な声をあげた。「デインだ」

アダム・フレッチャーの墓碑を囲む会葬者たちのあいだに好奇のさざめきがわき起こった。単なる興味からあからさまな非難まで、それぞれの思いが込められた視線が、大股で墓地を横切ってくる長身の〝プレイボーイ〟にいっせいに向けられた。陰気な顔つきの牧師は咳払いをし、隣に立つやせた女性に問うようなまなざしを向けた。

「もう少し待っていただけます？」彼女は静かに応じた。

右隣に並ぶカーター・フレッチャーは肉の薄い顔を怒りにこわばらせた。「どうしてあいつにわかったんだろう？」

クレアは頬を赤らめた。遠くに住むデインに祖父の死を知らせたのはクレアだった。

デインの母親はアダムの一人娘だったが、結婚相手が外国人、しかもカジノやナイトクラブ、さらには女の子を売りものにするたぐいの雑誌で財を成した男だったため、アダムはフレッチャー家の歴史を記す家庭用聖書から娘の名を抹消した。しかし娘の死後、アダムは孫の存在を認め、ある週末、彼をランベリー・ホールに招待した。当時二十一歳になっていたデインはいまさら一族への復帰を認められても仕方がないとでもいうのか、特に感謝するふうでもなかった。いくら使っても使いきれない資産がある彼は、単なる好奇心から母の故郷を訪れたにすぎない。もちろん、一族のほかの連中のように、アダムに媚びへつらうこともしなかった。

「女から生まれたる者は……」単調な朗読が始まっている。

クレアは息を詰めた。アダムの死を心から悼む者はここには一人もいない。偏屈で強欲で、まるで世捨て人のように暮らしてきた老人は、親族にも近隣の人たちにも無愛想で傲慢だった。

クレアの父親はアダムの末息子で、きょうだいのなかでは一番うだつが上がらず、いくつもの職を転々とする不安定な暮らしぶりだった。クレアは四歳で両親の養女になり、そのあと六年間の家庭生活は、いまなお悲しいときに温かく心を包んでくれる優しい思い出になっている。家は貧しくても愛があった。その両親を突然の交通事故で失い、クレアは祖父の住むランベリー・ホールに引き取られることになった。養女になる前はあちこちの里親や施設に預けられたが、どこにいても人々の冷ややかな無関心にさらされ、そこが自分のいるべき場所だと感じたことは一度もなかった。

〝法律上は孫に当たるとしても、実際は赤の他人だということを忘れてはいけない〟アダムはいまいましげに念を押したのだった。〝おまえにフレッチャー家の血は一滴も流れちゃいないが、息子の養女を施設に返したとなれば世間の口がうるさい。女の子はいつか家の役に立つかもしれんし、その器量では私が老いて介護が必要になるころも嫁には行っとらんだろうしな〟

墓地を吹き渡る寒風が薄い紺のレインコートをひるがえし、クレアはぶるっと身を震わせた。アダムの予想は的中した。クレアはいま二十三歳で、リーズ郊外の寄宿学校に入っていた数年間を除くと、ランベリー・ホールから、すなわち草が生い茂るヨークシャー・デイルズから離れたことはない。実は一年前、恋人の胸に飛び込むチャンスをつかみかけたのだが、祖父が病に倒れたせいで思いを遂げることができなかった。長くつらい一年だった。

クレアはここにとどまり、四日前に祖父が睡眠中に息を引き取るまで、当然の義務として課せられた役割をこなしてきた。これ以上ランベリー・ホールに縛られる理由はない。一年前からマックスはロンドンで辛抱強く私を待ってくれている。もうすぐ新しい人生が始まるのだ。ほかのだれでもなく、私だけを望んでくれる人……私を人並みの感情と欲求を持った一人前の女性と認めてくれる恋人との新しい人生が……。

当初、アダムは血のつながりのない孫娘を厄介なお荷物としか思わなかったが、そのうち、無口で働き者の女の子が人手不足の屋敷でいかに重宝な存在であるか、彼女にやりくりさせることでいかに経費を節約できるかに気づくようになった。近ごろでは看護師を雇うよりクレアをこき使うほうがはるかに安上がりだという結論に達したようだった。いずれにしても、辛辣でいやみたっぷりな物言いや、四六時中浴びせられる小言に耐えられる看護師はまず見つからなかっただろう。冷酷で横暴な老人の気まぐれに振りまわされ、来る日も来る日も、朝から晩まで酷使されるクレアにとって、どんな同情も慰めにはならなかった。

そんな生活ももう終わり――心のどこかから安堵のささやきが聞こえ、クレアは身勝手な思いを恥じて赤毛に縁取られたハート形の小さな顔を上げた。これからは自分で自分の道を選べるのだ。だれにも邪魔されずにマックスと家庭を持つことだって……。

墓碑をはさんで正面に立つデインと目が合い、クレアは赤くなって目をそらした。冷ややかだが美しくきらめくブルーの瞳。少しゆがめられた口元には何かを面白がっているようなかすかな笑みすら刻まれている。祖父の遺言に興味があって葬儀にやってきたのだとしても、デインの場合、それが単なる好奇心にすぎないことは明らかだった。デインは途方もない大金持で、膨大な資産はフレッチャー家のそれとは比較にならない。

カーターが見るなり眉をひそめた黒のコーデュロイパンツに高価な革のショートコートというくだけた服装は、弔いの儀式を軽んじているからというより、葬儀に間に合うようにアメリカから飛んできたばかりであることを物語っている。いずれにしても、これまでスーツ姿のデインを見たことはなかった。彼は現在ロンドンにあるヴィスコンティ財閥の本社に腰を落ち着けているが、カリフォルニア育ちのせいか、ほかのいとこたちよりはるかにしなやかな思考回路を持っている。

務めを終えて牧師が立ち去ると、デインが近づいてきてクレアの手を取った。「大変だったね。急だったの？」

クレアは眼鏡をかけたはしばみ色の瞳を上げた。「いいえ、ずいぶん長患いだったから、お祖父さまも天に召されてほっとなさっていると思うわ」

「そんなことを言うものじゃない」カーターはとがめ、クレアの背中を押して墓地の小道へと向かった。「アダムが死んで喜んでいるみたいじゃないか。それにしても、デインは葬儀の日取りをだれから聞いたんだろう」

「来てくれてよかったじゃない」クレアは言い返した。「お祖父さま、ほんとうはデインが好きだったんだと思うわ。自分では決してお認めにならなかったけれど」

「冗談じゃないよ」待機している車に近づきながらカーターはちょっとネクタイを直した。「自慢するわけじゃないが、アダムの一番のお気に入りはぼくだった」

よく言うわ！　葬儀の手配がすんだころにようやく顔を見せ、すでに決まった段取りのひとつひとつに文句をつける以外にあなたは何をしたというの？　もう一人のいとこであるスティーヴが、両親の車には見向きもせずにこちらの車に乗り込んできたときは正直言ってほっとした。まだ学生で大した役には立たないが、彼は最近の無沙汰(ぶさた)をわび、婚約者の話をして雰囲気をなごませてくれた。

「すごい」スティーヴは首も折れんばかりに窓から顔を突き出した。「見てよ、デインの車」スモークガラスの入ったリムジンが教会の小道の突き当たりに止めてある。「母さんが見たら、きっとうらやましくて地団駄を踏むよ」

カーターは若いいとこを蔑(さげす)むように見やった。「葬式のことをデインに知らせたのはシーリアか?」シーリアはスティーヴの母親であり、カーターにとっては叔母に当たる。

「違うわ、彼に知らせたのは私よ」クレアが口をはさんだ。

「きみが?」

「デインにも知る権利はあるでしょう? ロンドンの彼の秘書に連絡したの。居所は教えてくれなかったけれど、伝言は伝えると約束してくれたわ」

「余計なことをする前になぜぼくに相談しなかったんだ?」カーターはクレアをにらみつけた。「あいつはもう何年もここに来ていないんだよ」

「正確には三年ね。でも、お祖父さまが彼に二度と来るなと言ったんですもの、仕方ないわ。最後にここへ来たとき、デインはお祖父さまと何か言い合ったようだから」

「あいつはだれに対しても無礼なんだ。あきれるね、いまごろのこのこ現れるとは! 遺言状に興味があって来たんだろうが、やつの取り分なんかあるわけはない」

嫌悪感に胸がむかつく。祖父の死期が迫っていることが明らかになる前は知らんふりだったのに、病状を知るや、カーターは足しげく見舞いに来るようになった。その豹変ぶりは見事なもので、クレアはそんな彼の態度にうさんくささを感じていた。それに、祖父が最近、カーターをクレアの最良の結婚相手と見なしていた事実も頭痛の種だった。祖父譲りの締まり屋で、それなりに慎重で物事に動じないカーターをアダムはいたく気に入ったようだ。

車はさびの浮いた高い門を通り抜け、雑草だらけの砂利道を進んで御影石造りの殺風景な屋敷の正面に止まった。

すでにミスター・カヴァーデイルの旧式のローヴァーが止まっているのに気づき、クレアは急いで車から降りた。「すぐにお茶を用意しなくちゃ。ほんとに、なんて寒さかしら」

遺書には別に驚くようなことは書かれていないとクレアは思っていた。遺産は全員に平等に分けられるはずであり、だからこそ、カーターはほんの一週間前に私に結婚を申し込んできたのだ。玄関ホールの鏡の前を通りかかり、クレアは自分のさえない顔色と平凡な容姿に顔をしかめた。

美しく成長したとはとても言えない。ティーンエイジャーが夢見る〝ばら色の人生〟とはもう何年も前に縁を切っていた。クレアは近眼で、小柄で、パーティではいつも飲み物を配ってまわるタイプだ。欲深いカーターのこと、持参金がたっぷりあると信じたからこそプロポーズしてきたに決まっている。

お金、お金、お金！　青白い小さな顔が苦笑にゆがむ。すり切れたカーテンに古びたカーペット、新品のころも実用一点張りだった安物の家具。満足な暖房器具もなく、給湯設備は故障ばかりで、キッチンも時代遅れ。祖父には生活を楽しむためにお金を使うという発想はなかった。

一年前、クレアはまがりなりにも幸せだった。所有地の管理人見習いだったマックス・ウォーカーに結婚を申し込まれたのだ。日ごろは内気なクレアも、このときばかりはすぐさま祖父に報告した。ところがアダムはマックスを首にしたばかりか、孫娘が出てゆかぬようにと自分が癌に冒されていることを告げ、もし勝手をするなら年老いた使用人を解雇するとクレアを脅した。メイジーとサム・モーリーが地所の外れのあばら屋から追い出される……。そう思うだけで耐えられなかった。

クレアは課せられた務めを怠ることなく、祖父が残された数カ月を心安らかに過ごせるように最善を尽くした。また、昔から家政婦と庭師としてランベリー・ホールで働いてきた老夫婦に何がしかの遺贈をするよう祖父を説得してみた。だが、住宅を提供し、生活を保障するのは福祉の責任だというのが祖父の持論で、考えを改める様子はなかったのだった。

コートをかけ、クレアはキッチンに急いだ。その張りつめた顔を見るなり、メイジーはお茶をのせたワゴンを放(ほう)り出して優しく彼女を抱き締めた。「心配なさらないで、何もかもうまくいきますとも。だれがなんと言おうが、気になさってはいけません」

クレアは泣くまいと目をしばたたいた。今日は一滴の涙も流していない。でもメイジーの率直な愛情表現にはついほろりとさせられた。将来の心配をしなければならないのは彼女のほうなのに……。七十いくつかで、病気がちの夫を抱え、住む場所を確保するためにはここで働き続けるほかないはずだ。

「ええ、きっと何もかもうまくいくわ」クレアの声には落ち着きが戻っていた。モーリー夫婦に不自由のない余生を約束できるくらいの遺産は手に入るだろう。アダム・フレッチャーは〝腐るほど〟金を持っているというのが親戚(しんせき)一同の一致した意見だった。それなら、老夫婦に多少の年金と、あの小さな家をあげられるかもしれない。

将来のことを思うと張りつめた気持もいくらかやわらいでくる。暑い夏のある日、マックスは少し照れたように、いつか自分の牧場を持つのが夢なんだと打ち明けてくれた。当時の二人にはお金がなかったので、それは文字どおり〝夢〟でしかなかった。が、クレアはいま、ちょっとした広さの土地とこぢんまりした家を手に入れるには、どれほどのお金がいるものかしらと胸算用していた。これ以上待つことなく、すぐに結婚できるだろう。マックスはいまだに失業中だけれど、土地さえあれば職を求めて走りまわる必要もなくなるはずだ。

「クレア!」カーターの声がする。「ミスター・カヴァーデイルがお待ちかねだよ」

クレアは眉をひそめ、メイジーはせかせかとお茶の支度に取りかかった。

「メイジーは家政婦なんだ。それを忘れちゃいけない」カーターはキッチンから出てきたクレアに小言を言った。「使う者と使われる者とのあいだには、きっちり線を引くべきだ」

客の前で言い争うわけにもいかず、クレアは俗物っぽいいとこの存在を無視することで怒りを静めようとした。引退すればメイジーも少しは楽になるだろう。クレアのほか、フレッチャー家のだれ一人としてメイジーに優しく接する者はいなかった。偉大なるお金以外に彼らが敬意を払うものがあるとすれば、それは家族と使用人を隔てる目に見えない境界線だった。クレアは場合によってその境界線を行ったり来たりしていた。だがカーターがプロポーズする価値ありと判断したとすれば、いまは彼女もフレッチャー家の一員と認められたということだろうか。

五十代後半の小柄な弁護士、ミスター・カヴァーデイルは前に進み出てあいさつすると、やむを得ない事情で葬儀には出席できなかったとわびた。ジェイムズとシーリア、息子のスティーヴの三人は細々と火が燃える暖炉のそばに陣取り、両親を亡くして以来家の切り盛りをしてきたカーターの姉、サンドラもすでに椅子に着いている。最後に居間に入ってきたのはデインで、クレアは彼がお茶嫌いだったことを思い出し、急いでキッチンに戻りかけた。

デインにまつわる悪い評判やジェット機で世界を飛びまわる派手な暮らしぶりを耳にするたびに、アダムはかんかんになった。だが、ここで寂しい少女時代を送ったクレアにとって、彼はときおり現れる優しい兄のような存在だった。実を言うと、十六歳のころ彼に夢中になったことがある。思春期の少女の目には、デインこそすべての女性が憧れる理想の男性と映ったのだ。その事実を彼に悟られなかったのは救いだった。クレアは感情を表に出すタイプではない。彼を意識すればするほど思うように口がきけなくなったし、いずれにしても、恋の成就を期待するほどの大胆さは持ち合わせていなかった。

社交界の花形であるデインはゴシップ欄の常連で、振られた女たちは彼に関するきわどい暴露話を競ってマスコミに売り込んだ。一時期、クレアは新聞の日曜版の熱心な愛読者で、デインの記事が載るとむさぼるように読みあさったものだ。

「そんなに急がないで」デインがクレアの袖に手をかけた。「疲れただろうからもう座ったら?」

言われなくてもひと休みしたいところだ。クレアは沈んだまなざしで年上のいとこの端整な顔を見上げた。襟にかかる豊かなシルバーブロンドの髪が、イタリア人だった父親譲りの漆黒の眉に濃いまつげと印象的なコントラストを成している。芯の強さを示すしっかりした骨格、すっと通った上品な鼻筋、傲慢にも見える自信にあふれた顔立ち。くっきりと刻まれた口元には皮肉っぽさと男の色気が混在している。息をのむほどに端麗な男……。

い。

鶏小屋に放たれた狐のように、自由気ままに女性遍歴を重ねてきたとしても意外ではな
「すぐ戻るわ」クレアは思いを読み取られまいと目を伏せた。デインは私をどんなふうに思っているのだろう？　地味で平凡で薄幸なとこ？　この目立たない容姿の下に、どれほどの意志が秘められているかを知ったら驚くに違いない。まして心に決めた人がいるなど、夢にも思っていないはずだ。

「メイジー、デインにコーヒーをお願い」クレアはキッチンに声をかけた。

「クレア！」背後からまたもやカーターの声が追いかけてくる。

クレアは頬を上気させ、慌ただしく居間に戻ると硬い肘かけ椅子に腰を下ろした。

「まず……」ミスター・カヴァーデイルはブリーフケースから書類を取り出し、もったいぶった様子で室内を見まわした。「ここにお集まりの全員がミスター・フレッチャーの遺言によって利益を得るわけではないということを申し上げておきます」

「我々はみんな家族ですから」カーターが胸を張った。「続けてくださって結構です」

「以前、ミスター・フレッチャーはミス・クレアを唯一の相続人と決めておられました」年配の弁護士はひと呼吸おいて先を続けた。「ところが、一年前に遺書を書き替えられたのです。付加された条項についてミスター・フレッチャーと話し合おうとしたのですが無駄でした。ミス・クレア・フレッチャー、あなたにお伝えしたいのは……」

「唯一の相続人？　クレアが唯一の相続人だったというの？」シーリアはいきり立って弁護士をさえぎった。

一瞬、退屈そうなデインの顔にちらっと楽しげな表情がよぎった。彼は話の続きを待ち受けて優雅な物腰で窓ぎわの椅子に腰を下ろした。

「その条項について法廷で争う余地はない、ということです」ミスター・カヴァーデイルは言い終えた。

「彼女がすべてを相続するということ？」遺言の最初の一行も読まれていないというのに、シーリアのぽっちゃりした頬はしみが浮き出たように赤らんでいる。

カーターは叔母の剣幕に唇をゆがめた。「クレア以外のだれに相続権があるというんです、シーリア叔母さん？　クレアは孫としてベストを尽くした。自分にも相続権があると主張できる者は、ここにはだれもいないんじゃないかな。いずれにしても、遺言を最後まで読めば、アダムが無条件で彼女に遺産を遺したわけじゃないことがはっきりしますよ」

クレアは青ざめて押し黙っていた。遺書は一年前に書き替えられたという。アダムにとって、私とマックスの関係はそれほど衝撃的だったということだろうか……。失望したわけではない。実際のところ、クレアは全財産が無条件で自分のものになるわけではないと知り、ほっとしていた。遺産相続を当然の権利と考えたことはなかった。ただ、モーリー夫婦に渡すだけの金額さえ遺されていれば……。

「アダム・フレッチャーがかかわっていた事業は多岐にわたっていて、南アフリカでどれほどの投資をしていたのか、正確な数字はまだつかめていません。そうした資金の調達はこの屋敷を抵当にして行われています。しかしながら、投資された資金は現在もそのまま残っており、その額はかなりのものになるでしょう。では、よろしければ遺言を読み上げたいと思います」

ランベリー・ホールが抵当に入っているという話は寝耳に水だったが、クレアは平静を装い、カーターの意味ありげな微笑を断固黙殺した。何かを待ち受けているような、遺言の内容は先刻ご承知とでも言いたげな、ほとんど嬉しそうな顔つきだ。

「〝健全な判断力をもって、私は孫娘、クレア・フレッチャーに所有する財産のすべてを譲渡する。ただし、クレアが私の孫の一人と結婚した場合にのみその権利は発効する〟ミスター・フレッチャーはぜひともこの条項を書き加えたいとおっしゃいましてね」ミスター・カヴァーデイルは弁解がましく言い添えた。「事業を引き継ぐには男性の協力が不可欠だと考えておられたようです、ミス・クレア。しかし、ミスター・カーター・フレッチャーからお聞きしましたが、お二人は事実上婚約なさっていて、お祖父さまの喪が明けるまでは正式な発表は控えられているとか……。いまこんなことを申し上げるのは時期尚早でしたかな？」

クレアは驚きのあまり口もきけなかった。私腹を肥やすために勝手に婚約話をでっち上げるなんて、なんと卑しい了見だろう！

「おめでとう」サンドラがめずらしくいとこらしい親しみを込めてクレアの頰にキスした。「これが一番まるくおさまる方法ね」

クレアは血の味がするほどきつく唇をかんだ。「ひどい……こんな侮辱って……」だが低いつぶやきはだれの耳にも届いていない。

「きみは疲れているんだ」カーターが保護者ぶってクレアの肩をたたいた。

クレアは反射的に身を縮めた。独善的な彼の顔を見るだけでうんざりする。お祖父さまのご機嫌うかがいに足しげく通ったかいがあったというわけね。「もしカーターと結婚しなかったらどうなります？」

弁護士は困惑を隠さずに首を振った。「遺言では、いとこのだれと特定されているわけではありませんから……」

「ぼくには婚約者がいるからだめだよ」スティーヴがいきなり声をあげ、デインは笑いをこらえきれずに吹き出した。

「せいぜい笑うがいいわ」シーリアは雌虎のように食ってかかった。「遺産なんて、あなたにとってはなんの価値もないんでしょうから！」

デインは嘲笑を残した目をシーリアに向けた。「墓地で見かけたロールスロイスはあなたのですか？　それともほかのだれかの車？　クレアを除けば、ここにいるだれ一人、金に困っているようには見えませんがね」

「よろしければ先に進みたいのですが」ミスター・カヴァーデイルは、これ以上事態がこじれないうちにと口をはさんだ。「〝形見分けとして、孫息子、デインに一族の聖書を贈る〟」ピンの落ちる音すら聞こえそうな静けさが辺りを支配していた。「〝ジェイムズとシーリアに遺すものはない。その理由は……〟」弁護士はそこで言いよどんだ。

「私たちには何もないっていうの？」シーリアは金切り声をあげた。「いったいどういうこと？」

弁護士は攻撃に身構えて大きく息を吸った。「〝その理由は……生前、息子のジェイムズには幾度となく相当な額を貸し付けたが、その返済はいまだに成されていない。したがって……〟」

「行きましょう、ジェイムズ」シーリアは傲然と言い放った。「スティーヴ、帰るわよ」

「〝もしクレアが私の意にそまぬ男との関係を続け、いとことの婚姻を拒んだ場合、全財産は売却され、その収益は禁酒協会に寄付されるものとする〟」

カーターは咳払いをしてクレアを見つめた。「アダムの意にそまぬ男とは？」

「あなたには関係ないことよ」クレアは椅子を立った。「失礼、ミスター・カヴァーデイル」かすれた声でわびると、クレアは玄関ホールに向かった伯父と伯母を追った。

「あら、あなたが悪いわけじゃないわよ」シーリアは気弱な夫に怒りをぶつけていた。

「死んだ人の悪口は言いたくないけれど、意地悪でへそ曲がりで、私、昔からあの人が大嫌いだったわ。一度として優しい言葉をかけてもらった覚えもないし」

「よかったらお食事をご一緒に……」

「冗談でしょう?」シーリアはすごい剣幕で小柄な姪を振り返った。「カーターとお幸せに。あの子はアダムと瓜二つだからうまくいくでしょうよ」

ジェイムズは申し訳なさそうにクレアの手を取った。「気にしないで。妻に悪気はないんだ。カーターはいい青年だよ」

三人を見送ると、今度はミスター・カヴァーデイルが居間から出てきた。「私の仕事は終わりました、ミス・フレッチャー。何か質問があったら遠慮なくお電話ください」

「ここで働いてきた人たちには、ほんとうに何も遺されていないんですね?」晴れぬ思いで、クレアは最後にもう一度念を押した。

「残念ながらそういうことです。私の依頼人はあまり慈悲心に富んだ方ではなかったようで」弁護士は重苦しい口調で答えた。

ずいぶんもってまわった言い方だこと！　クレアはまだショックから立ち直れないまま、カーターとサンドラが談笑している居間をのぞいた。図書室にでも避難したのかデインの姿はない。気持を静めてこれからのことを考えようと、クレアはキッチンに向かった。

十六歳で祖父に学校をやめさせられたので高校入学資格試験にもパスしていないし、ましてや職業訓練など受けたこともなかった。キッチンではメイジーが疲れ切った様子でテーブルの傍らに座っている。祖父の身勝手な遺言がもたらす悲惨な結果を見たような気がして、クレアは年老いた家政婦から目をそむけた。使用人に渡せるお金は全然ない。せめて住居の心配はせずにすむように、老夫婦にあの粗末な小屋を譲りたいと思うのは望みすぎだろうか?

クレアは野菜かごを引っ張り出すと、流しにポテトを積み上げた。もう五時を過ぎている。夕食は早めにすませてやすみたかった。

「これ」リキュールグラスがひとつ、水切り台の上にぽんと置かれる。「車にあったのを持ってきた」デインはからかうように笑った。「生ぬるい紅茶なんかより、こっちのほうがいいと思ってね。どう、カーターとの婚礼を祝う準備は万端?」

心ないひやかしが胸を刺す。シーリアの言ったことはある意味で正しかった。孤児院に預けられたり、理不尽な遺書に辱められたりしたらどんな気持になるか、裕福なデインには想像もつかないだろう。アダムは私との結婚の代償としてカーターの目の前に遺産という餌(えさ)をぶら下げたのだ。

「とんでもないわ」

デインはけだるげに古い食器棚に寄りかかった。「じゃ、アダムの言う〝意にそまぬ男〟との関係を続けるってこと? 驚いたな。きみに反抗する勇気があったとは」

「ずいぶんはっきり言うのね」

デインは無造作に肩をすくめた。「ロンドンに行くなら車に乗せていこうか？　泊まるところも見つけてあげよう。アダムのことだ、満足な食費さえきみに渡していなかったんだろう？」

クレアは手にしたポテトの皮むき器を彼の胸に突き刺してやりたい衝動と闘った。物事がそれほど単純ならいいのだが。希望は粉々に打ち砕かれた。愚かにも夢をふくらませ、そのために何倍もの失望が返ってきた。私はいつになったら世の中のせちがらさを学ぶのかしら。マックスのための農場も、憧れの家の夢もついえてしまった。アダムのせいでマックスはいまなお失業中だ。私にプロポーズしたのが気に入らないと、祖父はほかの職場への推薦状すら書かずにいきなりマックスを解雇したのだった。

粗末な服が何着かあるきりなのに、どうしてマックスのもとに行けるだろう。仕事に生かせる資格もなく、家事以外にはなんの能力もない私が押しかけていっても邪魔になるだけだ。

この一年、クレアはマックスの夢を実現し、その夢を二人で分かち合うことだけを願ってきた。物思いにふけり、デインの探るようなまなざしにも気づかずに、クレアは食料貯蔵室を黙々と片づけるメイジーに目をやった。自分の身の振り方ばかり心配するなんて……。口のなかに苦いものがこみ上げてくる。少なくとも私には若い健康な体がある。でもモーリー夫婦には長年勤め上げたあとは安楽に暮らせるだろうというかすかな希望があったただけで、いまはその期待さえ完璧に打ち砕かれてしまった。

カーターのざらついた声にクレアははっと我に返った。「何を飲んでいるんだ、クレア？」

デインがうんざりしたようにため息をついた。「いいじゃないか、カーター。やぼなことは言いっこなしだ。そんなふうにいちいち目くじらを立てることはないだろう」

カーターには目もくれず、クレアは期待を込めてデインを見上げた。「夕食までいてくださるでしょう？　特別なものは用意できないけれど」

「運転手にステーキでも買いに行かせようか？」デインは静かにさえぎった。「だれも豪華な晩餐など期待してはいない。待っていてくれ、いま運転手に伝えてくるから」

デインが目の前を通り過ぎてゆくと、カーターはいまいましげに唇をひくつかせ、吐き捨てるように言った。「あいつ、何さまのつもりだ？」

「デインはただ現実的なだけだわ」カーターに対しては知らず知らずのうちに身構えてしまう。「きっと、この家のやりくりがどれほど大変か知っているのよ。おなかもすいているでしょうし」

「あいつの食欲の話をしているんじゃない」カーターはむっとして言い返した。

クレアはポテトの皮をむく手を休めない。「わかってるわ。でも、それ以外にあなたと話すことは何もないもの」クレアは冷ややかに言い放った。

そのほのめかしに気づかず、カーターは声をひそめた。「じゃ、またあとで話そう」

クレアはメイジーにほほ笑みを向けた。「疲れたでしょう。もう帰っていいわ。あとは私に任せて」

一人になると、クレアはカーターのもとで終身刑に処せられる自分を想像し、怖じ気をふるった。祖父を見舞いに来るたびにごまをするカーターには我慢ならなかった。加えて、いまでは彼への怒りが全身を駆けめぐっている。遺言では、いとこのだれと特定されているわけではない……。弁護士のまじめくさった台詞を思い出し、クレアは唇に味気ない笑みを浮かべた。お金のためなら、だれにでも身を売る女と思われていたのだろうか？　でも、もしそれが見せかけの結婚なら……。大それた思いが心に忍び込んでくる。その瞬間、一挙に問題を解決できる妙案がひらめいた。

そうすればメイジーとサムが路頭に迷うこともなく、私はお荷物にならずにマックスと結婚できる。いいえ、だめ。あまりにも突飛すぎる。正常な精神状態だったら、絶対にこんな奇策は思いつかないはずだ。それに、アダムのもう一人の孫といえば……デイン。もし彼にそんな頼みごとをしたら、気がふれたと思われるに決まっている。

戻ってきたデインがテーブルの上に紙袋をおくと、彼女は後ろめたさに頬を染めた。

「ぼくの好物はビーフストロガノフだ」彼はクレアの様子に気づくふうもなく、そう言いおいてキッチンから出ていった。

デインはいつも堂々としていて、人に指図する口調が板についている。ジーンズをはいていても、みなぎるパワーと他者への無言の威圧感は少しもそこなわれることがなかった。それもそのはず、彼は生まれたときから欲しいものはなんでも手に入れてきたのだし、女性にあれだけもてはやされて自意識過剰に陥らないほうが不思議だった。クレアは唇をゆがめた。彼の食事を作るために、だれが熱いこんろのそばで汗だくになって働いているか、ほんの少しでもわかっているのかしら？　もちろんデインがそんなことを気にするわけはない。使用人にかしずかれる生活に慣れていると、自分がほかの人にどれほど面倒をかけているか、気づくことさえないのだろう。

底冷えのするダイニングルームの雰囲気は張りつめていた。デインは旺盛な食欲を発揮し、カーターは好みとかけ離れた料理をうさんくさげにつつきまわし、サンドラはいとこの気を引くのに忙しくて何を食べているかさえわかっていないようだった。

「今夜、泊まらせてもらえるかな？」デインが言った「時差のせいか、これからまたひと旅行する気になれないんだ」

「もちろん」クレアは静かにうなずいた。

つまり、運転手と彼のために寝室を二つ用意しなければならないということだ。クレアはリネン用の戸棚から洗いざらしして薄くなったシーツを取り出し、来客用の寝室に運んだ。

ここも吐く息が白く見えるほど寒く、湯たんぽを用意しようともう一度階下に下りた。めったに使わないベッドの冷たさも、湯たんぽがあれば少しはやわらぐだろう。それから、寒さに慣れていないデインのために、部屋の暖炉に火を入れた。

　そうした用事を全部すませてお皿を洗い始めたころには立ったまま眠っているような状態で、キッチンに現れたカーターにメイジーの所在をきかれたときは堪忍袋の緒が切れるところだった。「もう遅いのよ」クレアはゆっくり十まで数えてからそう言った。「だいぶ前に帰ってもらったわ」

「だったら皿なんか明日まで放っておけばいい。じっくり話したいんだ」

　クレアは最後の皿を水切り台にのせ、タオルで手を拭いた。「悪いけれど、もうやすむわ。なんだかとても疲れてしまったから」

　カーターは憤然として唇を引き結んだ。「疲れたのはきみだけじゃない」

　その瞬間、抑え込んでいた怒りが爆発し、クレアは両手を腰に当てて言い放った。「あら、そう？　あなたたちのうち、だれがベッドの用意をしてくれた？　だれが部屋を掃除し、だれが食事の用意をしてくれた？　みんな指一本動かさなかったじゃないの。サンドラとあなたは二日も前に来ているのに何も手伝おうとはしなかった。だれが山のような雑用を片づけたと思っているの？　魔法の杖を持った妖精？　長くてつらい一週間、あなたたちのお茶を用意するだけで私自身は座って飲む暇もなかったのよ。ついでに言っておくけれど、あなたとは絶対に結婚しないわ。ひざまずいて懇願されてもいや。土壇場で計画が台なしになって残念だったわね」クレアは震える声で告げた。「おやすみなさい、カーター」

顔を真っ赤にしたカーターの脇をすり抜け、クレアはキッチンを出て二階に上った。後悔はしていない。どんな未来が待ち受けていようと、これ以上だれかに利用されるのはごめんだ。

十三年前、クレアをこの家に連れてきたソーシャルワーカーの女性の言葉が思い出される。〝あなたはほんとに運のいい子ね〟女性はのんきに言ったものだ。〝養父母を失ってもまだ家族がいるうえに、こんな立派なお屋敷に住めるなんて。きっと楽しいことがたくさんあるわ〟だが、歓迎のかけらも感じられない家の冷たさを、そしてソーシャルワーカーの女性がきまり悪げにそそくさと立ち去った事実を、クレアはいまでも忘れていなかった。

あれから長い歳月が流れたいま、クレアは寄る辺ない怯えた少女から、きちんとものが言える大人の女性に成長していた。自分で闘わないかぎり、だれも代わりに闘ってくれる人はいない。クレアは物思いにふけりながら寝支度を始めた。

「おまえがちゃんと面倒を見てもらえるように手は打っておいた」一週間前、アダムは天に召されゆく善人を気取ってそう言った。

面倒を見てもらう？　いったいどんな権利があってアダムは葬られてなお墓石の下から

指図することができるのだろうか？　私の気持を尊重しようともしないがさつな男との結婚を強制する権利はだれにもない。カーターに借りはなかった。カーターもサンドラも、祖父の介護の苦労を少しでも引き受けようというそぶりすら見せなかった。それに、葬儀に列席する時間はあっても、モーリー夫婦の今後の身の振り方を心配する暇はないらしい。メイジーとサムの将来はひとえに自分の選択にかかっているのだと、クレアはいまさらのように痛感した。さっきの突拍子もない思いつきが、いまではそれほど現実離れしたものとも思えなくなっている。

秘めた怒りに指が震え、ガウンのボタンがうまく留まらない。長年働いてきたモーリー夫婦を何もあげないであの家から追い出すなど、許されることではなかった。秘書になる勉強でもさせてもらっていたら、状況は変わっていただろう。仕事に就ければ二人を経済的に支援することもできる。でも実際は、多忙なメイドとして七年間を過ごし、とても勉強どころではなかった。有資格者でさえ容易に仕事が見つからない昨今、なんの取り柄もない私にどんなチャンスがあるというのだろうか？　マックスだって同じこと。理不尽に解雇されて以来、希望の芽は摘み取られてしまった。マックスに――それについて言えばメイジーにもサムにも――落度はないのに……。もし私がデインと結婚すれば遺言の条件は満たされ、使用人に冷淡だったアダムに代わり、いくらかの退職金を支払うことができる。そうしたところでデインの懐が痛むわけではないのだ。

とにかくデインに話してみよう。クレアは鏡に顔を近づけ、ぱっとしない小さな顔をにらむように見すえた。弱虫ね。取って食われるわけじゃなし、ただ行って話をするだけだわ。

クレアはやけぎみの勇気を奮い起こして部屋を出ると足音を忍ばせて廊下を歩き、デインの部屋のドアをノックした。静かな応答があったので、ドアを開ける。

意外にも、デインはすでにベッドに入り、上半身を枕にもたせかけて座っていた。上がけがきわどいところまでずり落ち、逆三角形のたくましい胸を覆う黒々とした毛が、徐々に細くなりながら下腹部の筋肉へと続いているのがいやでも目に入ってくる。白いシーツを背に、黄金色の肌がいっそう輝きを帯びて見える。急に喉が渇き、クレアは慌ててベッドから目をそらした。

「お話ししたいことがあるの。できたら何か着てくださる?」

デインは声をあげて笑った。「そんなにかしこまらないで、クレア。パジャマがないんだ。いつだったか、歯が痛いと訴えるきみに夜中まで付き合わされたことがある。忘れたのかい? あのときは何も文句を言わなかったじゃないか」

「まだ十一歳だったから」息が喉に詰まり、刻一刻と勇気がなえてゆくのがわかる。順を追って話すつもりだったのに、クレアは唐突に切り出していた。「デイン……私と結婚してほしいの」

2

めったなことでは動じないデインが驚くところを見たいと思っていたとしたら、いまこそそのチャンスだった。サファイアブルーの瞳が驚愕をたたえたままクレアに注がれている。「いまだにぼくに恋い焦がれているんじゃないだろうね？」

クレアはガウンのポケットに手を突っ込んだ。男って、なんてうぬぼれの強い生きものだろう。そう、彼はティーンエイジャーのころの私ののぼせ上がりに気づいていたのだ。それでいて、何も言わずに見守ってくれた思いやりに感謝すべきなのかもしれないけれど……。「まさか……私、困っているの。そうじゃなかったら、こんなこと頼まないわ。結婚といっても見せかけだけよ。どうしてそんな顔で私を見るの？　私はただお祖父さまの遺言の条件を満たしたいだけなのに」

デインは身を起こし、実用的なガウンを着て素足にスリッパをはいているクレアをまじまじと見つめた。「ひと皮むけば、きみも強欲なフレッチャー家の一員だったってことか？　金のためならなんでもするんだね？」その声に隠しようもない蔑みが響く。「そんなことをぼくに頼むのはお門違いだ。似たもの同士、カーターと仲よくやったらいい」

胸の奥にちくちくと痛みが走る。でも、誤解を解かずにここから逃げ出すことはできない。「お金がないとモーリー夫婦が路頭に迷うの」

デインはにこりともせず、クレアを上から下まで眺めまわした。「モーリー夫婦？」

「昔からここで働いてきてくれた老夫婦よ。庭師のサム・モーリーは体調をくずして休んでいるし、家政婦のメイジーはそれなりに元気だけれど、もう現役で働ける年じゃないわ。笑いごとじゃないのよ、デイン。いまはメドーフィールドにある小さな家に住んでいるけれど、お祖父さまはその家さえ二人に遺してはくださらなかった。私がいとこのだれかと結婚しないかぎり、あの人たちはまったくお金のないまま放り出されてしまうわ」

「泣かせるね」デインは冷ややかに言った。「もっと説得力のある言い訳は思いつかなかった？」

クレアは懸命に怒りを抑え込んだ。「ほんとうのことですもの。それに、私、好きな人が……」

「相手はぼく？」デインは苦々しくさえぎった。「冗談はもういい。さっさとベッドに戻るんだ」

「うぬぼれないで！　少女のころのばかげた思い込みをいままで引きずってきたとしたら、私はよほどの愚か者だわ。私が好きなのはマックスよ。私たち、結婚を考えているの」クレアは一気にまくし立てた。「でも、お金がなければ家庭も持てないわ。私は中途で学校をやめさせられたから、ちゃんとした仕事に就くのはむずかしいし……。あなたがちょっとした犠牲を払ってくだされば、問題はすべて解決するのよ」

「ちょっとした犠牲？」

「私と結婚しても親戚以外のだれにも知らせる必要はないし、あなたにとって離婚などどうってことはないでしょうし」

「ほう、面白い筋書きだ。ランベリー・ホールに来てこんな愉快な経験をするとは思ってもみなかったよ」

クレアは両手の指を組み合わせた。「それがだれにとっても一番の解決策だと思うの。みんなで遺産を平等に分ければ恨みっこなしでしょう？」

「そっくり手に入れるつもりのカーターが四分の一で満足すると思っているなら大間違いだ。それに、財産を手に入れるために故人の遺言の真意をねじ曲げるようなことをして、きみは平気なのかい？」

デインに蔑まれるのはつらいけれど、先を続けるしかなかった。「それについては考えてみたわ。でも、原則に従うより真の意味で正しいことをすべき場合もあるんじゃないかしら？」

「確かに、よくよく考えたようだね」

デインの皮肉に頬に血がのぼる。「私をカーターと無理やり結婚させようと画策するほうがよほど罪深いことだわ。それに、お祖父さまがメイジーとサムに何ひとつ遺さなかったのがそもそもの間違いなのよ。でも、あなたには関係のないことよね」

「八つ当たりはよしてくれ」

「ごめんなさい、そんなつもりじゃ……。ただ、だれかに自分の人生をいじりまわされるのはもううんざりなの」

デインは小ばかにしたように黒い眉を上げた。「へえ、そう？」

「ええ、そうよ！」クレアは震えている。「おかしい？　結婚を申し込むなんて身のほど知らずだと言いたいの？　私だってこんなことはしたくないし、ほかにいい方法があれば頼まないわ。長年ランベリー・ホールで働いてきたお年寄りがどうなろうと、あなたの責任じゃないというわけね？　でも、もし……私が美人だったら考える余地はあった？」涙声で口ごもる。「カーターと結婚するくらいなら死んだほうがましよ。あなたに断られても彼とは一緒にならないわ。これでわかった？　何がなんでも遺産を手に入れたいわけじゃないってことが？」

それ以上ばかなことを口走らないうちに、クレアは部屋を飛び出した。こんなことをすべきじゃなかった。デインは遺産など欲しがっていないし、身内のごたごたに首を突っ込む気もないのだ。カーターをあれほど容赦なくこき下ろしながら、内心では彼と私を似合いのカップルと思っているのだろう。

少なくともカーターは愛を口にはしなかった。そこまで徹底した嘘をつける男ではないということだろうか。〝ぼくたちはうまくいくと思うよ。好みもそう違わないし、なんといってもそれがアダムの希望なんだから。いきなりプロポーズして驚いただろうが、すぐに決めなくてもいい。考える時間が必要だからね〟カーターは薄笑いを浮かべて言ったのだった。〝どのみち一生独り身を通すつもりだったんだろう？〟

マックスと出会って自分にも幸せな人生を求める権利があることに気づかなかったら、愛のない結婚でもしないよりはましと思っただろうか？　苦々しい思いが胸に広がる。もしかしたら、母親になりたいという願望に負けていたかもしれない。好きな人がいると打ち明けたとき、デインの顔に驚きと蔑みの表情が浮かんだ。もしマックスがここにいてくれたら、カーターは何も言えなかっただろうし、私にしてもデインにプロポーズするなど考えもしなかったはずだ。デインの目の前で恥をさらしたことを悔いて、クレアは涙に濡れた目をこすった。

「クレア、起きて」大きな手が肩をつかんで揺さぶっている。クレアは眠りから覚め、ベッドサイドのランプのまぶしさに目をしばたたいた。

セーターとジーンズを着たデインが間近から見下ろしている。

「いま何時？」クレアは眠たげにつぶやいた。

「三時だよ。あれからずっと考えていたんだ」彼は起き上がったクレアを無遠慮なまなざしで眺めまわした。「きみの立場はよくわかった。よほどせっぱ詰まってあんなことを言い出したんだろう」

夜の三時？　深い眠りの底から引きずり出されて文句のひとつも言いたいところだが、クレアはぐっとこらえて彼を見上げた。機嫌を直し、突拍子もない解決策に協力する気になってくれたのだろうか？

「たとえ偽りでも、ぼくの結婚を喜ばない恋人か婚約者がいるかもしれないとは思わなかった？」

「いるの？」クレアは目を丸くした。

「いや、いるわけじゃないが……。きみは一度もそのことをきかなかったから」

クレアは思わずほほ笑んだ。「あなたは結婚向きじゃないわ」

「そのとおり」デインは魅力的な口元をゆがめてうなずいた。夜半を過ぎて伸びかけた無精髭(ひげ)のせいか、昼間よりずっと男っぽく見える。

「ぼくは自由が好きなんだ。それはこれからも変わらない。きみがさっき言ったマックスとかいう男のことを話してくれないか」

「話さなくてはいけないの？　個人的なことだし……」

「仕事は？」

「農業大学を出て、二十五歳のときにここに来て、ロイ・バクスターの見習いとして働いていたの」

「いまは？」

クレアは上がけの上で両手を組み合わせた。「マックスに結婚を申し込まれたと報告したとたん、お祖父さまは彼を首にしてしまったの。いまはロンドンで職を探しているわ」

「きみを力ずくで奪い取る勇気もないやつに全財産を注ぎ込む気？」

「そんな言い方しないで。私はここに残るしかなかったってことを、マックスはわかってくれているわ。それに家も仕事もないのに私を連れてゆけるはずもないでしょう？　彼はいま家族と同居しているの」

「持参金のない嫁さんはお呼びじゃないって？」

クレアは残酷な皮肉に息をのんだ。「ひどいことを言うのね。マックスはお祖父さまがお金持かどうかさえ知らなかったわ。ここでの暮らしは、それは慎ましいものだったし」

「この辺りでアダムが資産家だってことを知らない者はいない。ついでに言うと、彼の変人ぶりもつとに有名だったが」デインはクレアのしかめ面を見下ろしてため息をついた。「オーケー、取り引きしよう」彼はベッドの端に腰を下ろし、長い脚を伸ばした。「それで、式のあとはどうするつもり？」

その言葉の意味を理解して、クレアの胸に急に恥じらいがこみ上げてきた。「マックスと一緒に暮らすわ」

「きみはほんとうに大人になったね」デインは冷笑した。「協力はするが、ひとつだけ条件がある」

「どんな?」クレアは不安げにきき返した。

「遺産の管理はぼくがする。財産を手にしたとたん、金をどぶに捨てるような真似(まね)はしてほしくないんだ。すべてをきみに遺したアダムの気持を無にしたくない。金の使い道はよくよく考えてから決めること、いいね?」子どもに言い聞かせるような口ぶりだ。「これまできみは大金を扱ったことがない。少なくともきみにとってはかなりの額になるだろうが、ぼくの予想では、遺産は親族が見込んでいる額の四分の一にもならないと思う。もし彼らが期待しているほどの財産があれば、この屋敷が抵当に入っているはずはないからね」

デインの出した条件は意外であると同時に腹立たしかった。財産の管理能力もないと思われているとは、ずいぶんばかにされたものだ。けれど彼は信用できる。利益が守られ、希望どおりの解決策が見いだせるのであれば、子ども扱いされるくらいのことは我慢しよう。「じゃ、結婚してくださるの?」

デインはベッドから立ち上がった。一瞬、彼の唇に憂わしげな微笑が浮かんだ。

「きみとの結婚にはなんの得もないが、損もない。それに、きみは長いあいだ、この陰気な屋敷に縛られてきたんだ。これからは好きなように生きる権利があると思うよ。まあ、理屈はともかく、この話を聞いてカーターがどんな顔をするか楽しみだ」

「楽しみなんかじゃないわ」

「カーターのことを心配する必要はない。彼はアダムに土木会社を設立してもらい、さんざんいい思いをしてきたんだ。みんなそれなりにあの老人を利用してきたということさ。知らなかった？」

それは初耳だったが、クレアは黙っていた。いずれにしても、フレッチャー家の血を受け継いでいない自分が遺産を独占するなど良心が許さなかった。

デインは出てゆこうとしてもう一度ドアのところで振り向いた。「結婚式はパリで挙げる？」

「パ……パリ？」

「そのほうが秘密が守れる。パスポートは？」

「ええ、あるわ。マックスといつか旅行しようと思っていたから」

「その夢がかなう前にアダムに仲を引き裂かれたんだね？　マックスって、どんな男？」

「背は高いほうじゃないけれど、私も小さいからちょうどいいの。髪と目はダークブラウンで、顎髭を生やしているわ。なぜそんなことをきくの？」

「きみがそこまで入れ込んでいる男がどんなやつか知りたかったんだ」デインはさりげな

く答え、ドアの向こうに姿を消した。

クレアは再び枕(まくら)に頭を沈めた。こんなにうまくいっていいものかしら？　デインが承知してくれた。デインが協力を約束してくれたのだ。自分がこれほど大胆になれるとは思ってもみなかった。でも……。新たな不安が頭をよぎる。デインとの結婚を知ったらマックスはどう思うだろう。さっきまで、デインに十中八九、断られると思っていたので、その先のシナリオはまだできていない。だめでもともと、当たって砕けろという覚悟で結婚を申し込んだのだが、意外にもデインは協力してくれるという。

いったい私に何が取りついたのだろうか？　この計画を知ったらマックスは反対するに決まっている。書類上の問題にすぎないとしても、彼は離婚歴のある花嫁を迎えることになるわけだから。ロンドンに着いたらすぐに彼と会って話し合おう。その時点で計画を白紙撤回しても、デインにとっては痛くもかゆくもないはず……。でも、私自身、千載一遇のチャンスを逃す気になれるかどうか……。

この計画を推し進めれば、マックスとともに夢見た家庭を手に入れることができる。いままで与えられなかった愛とぬくもりに満ちた家庭を築くことができる。でもデインと結婚しなければマックスとの結婚もなく、住む家も手に入らないのだ。いまのマックスには妻をめとり、家族を養ってゆく余裕はないだろう。いいえ、私はあきらめない。孤独で惨めな将来を思うと、やはりデインと結婚するのが最良の選択だという気がする。マックスはわかってくれるだろう。二度とめぐってこないチャンスであるなら、迷わずつかみ取るしかないということを……。

翌朝、ダイニングルームでテーブルの用意をしていると、カーターが戸口に姿を見せた。

「デインとの結婚など認めないぞ！」

デインはゆうべのことをもうしゃべってしまったらしい。クレアはかすかに赤くなった。

「あなたと結婚するなんて、一度でも言った覚えはないわ」

「デインが触手を伸ばすとは、祖父さんは思ったよりしこたま蓄えていたってことか」カーターはいやみたっぷりに言い返した。

「往生ぎわが悪いね、カーター」足音ひとつたてずにデインが部屋に入ってきた。けんか腰でもなく面白がっているふうでもなく、いつものように冷静だ。

カーターはすごい形相でデインをにらみつけた。「よそから入り込んできた女が財産をかすめ取って出てゆくのを黙って見ていろというのか？　クレアはフレッチャー家の人間じゃないんだ」

「クレアはここに入り込んできたわけじゃない。十八年も前にこの家の一員になったんだし、アダムもそれを認めたからこそ彼女の将来を案じて遺産を遺したんだろう」

クレアはそれ以上言い争わないでと目顔でデインを制した。「遺産はみんなで等分するつもりよ、カーター」

「それはどうかな」デインが口をはさんだ。

「こっちは親切心で結婚してやろうと言ったのに！」カーターはすっかり自制心を失っていた。「どこの馬の骨かわからないが、デインをたらし込むとは相当なあばずれの血を引いているんだろう」

「お願い、やめて！」デインの瞳に怒りが燃え上がるのを見てクレアは慌てて二人のあいだに割って入った。「それより、みんなでお食事にしましょう」

クレアの言葉には耳も貸さず、カーターは乱暴にドアを閉めて出ていった。

サンドラもカーターも朝食の席には現れなかった。クレアは仕方なくテーブルを片づけ始め、デインは読んでいた新聞から顔を上げた。

「十時に出発できる？」

クレアはびっくりして振り返った。「十時？」

「ぼくはそれほど暇じゃないのでね。荷物をまとめるといったって、さほど量があるわけじゃないだろう？　弁護士にはぼくから説明しておく。これ以上ここにいてもしょうがないし、きみも買い物やら何やらで、これから忙しくなるだろうから」

着古したシャツドレスに注がれる視線がすべてを物語っている。クレアは一瞬恨めしく思った。デインは私への同情から、世にも突飛な計画に加担してくれたのだ。流行とは無縁の安っぽい服を着た気の毒ないとこ。容姿に恵まれ、ジェット機で世界を飛びまわる華麗な日々を送っている男性から見ると、私はよほど哀れむべき存在であるらしい。

「マックスが一年前と同じ気持でいると信じているんだね？」

「もちろんよ。毎週欠かさず手紙をくれるんですもの。何を心配しているの？　大丈夫、あなたの厄介にはならないから。自分で自分の面倒は見るわ」

荷物をまとめるのに三十分とかからなかった。クレアはクロークからコートを取り出し、スーツケースを階段の下においてメイジーを捜した。年老いた家政婦がクレアのあいまいな説明をどこまで理解したかはともかくとして、デインと一緒に行くと聞いただけで眉を開いてうなずいた。「それはようございました。これからは何も心配なさることはないんですね？」

「私、デインと結婚するわ。そして……」その先は言えない。

「まあ、なんてすばらしいんでしょう」メイジーは白髪交じりの髪を揺すり、目頭を押さえた。「あの方はいつもお嬢さまのことを気にかけておいででした。きっとうまくいきますとも。今度こそほんとうの家族に囲まれて幸せになってくださいましね」

クレアは喉元にこみ上げてきた涙の塊をのみ込んだ。「手紙を書くわ。心配しないで待っていて」

「これでほっとしましたよ。サムも私もお嬢さまのことが気がかりでなりませんでしたから」メイジーは目をしばたたいた。「おめでたい門出に涙は禁物ですね。さあ、いらっしやってください。未来のだんなさまをお待たせしてはいけませんよ」

クレアはそっと涙を拭き、玄関ホールで待つデインに近づいていった。

「きみとメイジーはほんとうに仲がいいんだね」同じことをカーターが言ったとしたら痛烈な皮肉に響いただろうが、デインの声に非難の色はなかった。

「ええ。メイジーはいつか私の結婚式に出るのを楽しみにしていたの。でも……」でも、この結婚そのものが偽りなのだ。クレアは気まずい思いで口をつぐみ、リムジンの後部座席に落ち着くまで黙りこくっていた。

「ロンドンではどこに泊まったらいいかしら？」

「準備が整うまでホテルにいればいい。ぼくの家じゃ、くつろげないだろうから」

彼には同居人が、あるいは頻繁に夜をともにする女性がいるのだろう。「ホテルや買い物にかかるお金はあとでお返しするわ。ご存じでしょうけれど、いまは自由になるお金がないの」

「銀行強盗でもしないかぎり？」デインは鷹揚な笑みを浮かべた。

車でティーズサイドまで行き、そこから都市連絡便でロンドンに飛んだ。ガトウィック空港からは、また別のリムジンでドーチェスター・ホテルへと向かう。レストランで昼食をすませると、フロントでチェックインの手続きをした。実用的なレインコートがこれほどみすぼらしく見えたことはない。

「スイートルーム？」クレアはドアのところで立ち止まり、ポーターにチップを渡すデインにささやいた。「普通の部屋でよかったのに」

「これから二、三日、すべてをハンナに任せてのんびりするといい。彼女は一時間ほどでここに来るはずだ」

「ハンナって？」

「ぼくの渉外担当の秘書だ。いい人だからきっと仲よくなれる。それから……」デインはドアを閉め、部屋の奥へと入っていった。「お金の心配はしないで。あとで返すなんて言いっこなしだ。ぼくから親愛なるいとこへのささやかなごほうびだと思ってくれていい」

「ごほうびは子どもがもらうものだわ」クレアは顔を真っ赤にして言い返した。

「ごちゃごちゃ言わない」デインはクールにさえぎった。「スラム街から追い出されたような格好で結婚式を挙げるつもりかい？　酷な言い方だが、事実をはっきり見すえるべきだ」

　クレアははっとして立ちすくんだ。目に砂が入ったみたいにちくちく痛み、涙があふれる。いつも美しい女性たちに囲まれているデインは田舎くさい私といるところを人に見られたくないのだ。

「責めているんじゃない」デインはクレアの顎をつまんだ。「アダムは吝嗇(りんしょく)だったから生活費も出し惜しんだに違いない。服を買う金もなく、周囲に適切な助言をしてくれる女性もいなかったとすれば、どう装うかを知らなくて当然だ。だが、これからは違う。もうそんな格好をする必要はないんだから意地を張らないで」

恥ずかしさのあまり、この場から消えてしまいたかった。でも、なんの得にもならない偽装結婚に同意してくれた彼に文句を言える立場ではない。

「きみなら大丈夫だ。そのいかつい眼鏡を外して髪をなんとかすれば見込みはあるよ」

クレアは歯を食いしばった。「お礼を言うべきかしら?」

「いいかげんにしてくれ、クレア。きみがどうしようがぼくはいっこうにかまわない。いやならハンナを追い返してもいいんだ。ここに座って自己憐憫(れんびん)にふけっていればいい。だが、きみも女ならつまらない意地を張るのはやめにして、いまこそ生まれ変わるまたとないチャンスだってことに気づくべきだ」

「マックスは、ありのままの私に満足してくれているわ」

デインは立ち去りかけてドアのところで立ち止まった。「女としての自分の価値に気づけば、きみのほうがマックスに満足できなくなるかもしれない」目いっぱいの皮肉とともに乱暴にドアが閉められた。

アダムばかりかデインまでマックスを悪(あ)しざまに言うなんて……。裕福な家に生まれなかったというだけの理由でマックスを蔑む権利はだれにもない。でも、自分たちの気持が確かなら、だれになんと言われようが気にする必要はないのだ。身なりにけちをつけられたくらいで傷つく私のほうがどうかしている。デインの目から見ればただのさえない女でも、心に曇りがなければそれでいい。

そんなことより、あと二、三時間でマックスに会えると思うと心が浮き立った。あいにく電話はつながらなかったけれど、突然訪ねていって彼をびっくりさせるのも一興だった。

ハンナは知的なグレイの瞳の背の高い女性だった。「まず最初に眼鏡をあつらえに行きましょう、ミス・フレッチャー」

「クレアと呼んでください」クレアは年上の女性にほほ笑みかけた。「眼鏡店に行って、それから？」

ハンナは微笑を返した。「買い物には遅すぎるので、美容室に予約を入れておきました。夕食に間に合えばいいんですけど」

「デインの住まいはどこか、ご存じ？」運転手つきの車に乗り込み、クレアはハンナに問いかけた。

「ロンドンにいるときはヴィスコンティ・ビルのペントハウスです。ケントにカントリーハウスがあるけれど、そこを使うことはめったにないようですわ。あとはパリとローマにフラットがあって、ロング・アイランドにはお父さまのお屋敷が……」

「あちこち飛びまわって疲れないかしら？」

ハンナは声をあげて笑った。「デインは仕事の虫で、いまはジャマイカのプロジェクトに夢中なの。浮き名を流したのはずいぶん昔の話なのに、マスコミはいまだに彼をプレイボーイ扱いするんですもの、お気の毒だわ」

「ジャマイカのプロジェクトって？」

「もちろんリゾート開発事業です。ヴィスコンティ財閥は傘下にさまざまな企業を抱えて積極的に多角経営を推し進めているのよ」

眼鏡店ではコンタクトレンズを勧められ、すぐその足で高級美容室に連れていかれた。「そんなに緊張しないで」ハンナは言った。「ヘアがすんだらメイクを教わって、化粧品一式をお受け取りになるように。すべてお店の人に頼んでありますから。デインからの結婚祝いですって」

「結婚祝い？」クレアは当惑し、燦然と光り輝くような受付嬢からハンナに視線を戻した。

「あら、ごめんなさい、余計なことを言ったかしら？　結婚するというのは秘密なの？　デインからそう聞いたものですから……」

「いえ、いいんです」彼女は赤くなってうつむいた。

おしゃべりはそこまでで、クレアは洗髪台に連れていかれて眼鏡を外され、金色を帯びた赤毛をいじりまわされた。スタイリストは素人が適当に切ったロングヘアをあちこちつまんでは、なってないとばかりに顔をしかめ、クレアは次第に腹が立ってきた。

「カットだけで結構です」せめて自分の意思は伝えておきたい。

「カットですって？　スタイリングと言っていただきたいわ」スタイリストが切り返すと、近くでだれかがくすっと笑った。クレアは黙り込み、髪の束がばさばさと床に落ちるのを憂鬱（ゆううつ）な気分で見下ろした。

メイクの講義はもっとひどかった。こすられたりたたかれたりで、こんなことを楽しんでやっている人がほんとうにいるのだろうかと疑いたくなった。すべてが終わって鏡と向き合っても眼鏡なしではよく見えず、クレアはバッグを探り、はっとして手を引っ込めた。だれかが踏みつけたのか、眼鏡のレンズが割れている。

「お気に召しまして？」責任者であるらしい女性が声をかけてきた。

「ええ」クレアは反射的に答え、髪を手ぐしですいた。ホテルに帰って鏡に鼻をくっつけてみて、〝まあ、ひどい〟ってことにならなければいいけれど。

受付で待っていたハンナが声をあげた。「とても似合うわ、クレア。デインが言ったとおりね」

これほど真に迫ったお世辞を言えるなんて、秘書としては百点満点だわ。でも嬉（うれ）しくもなんともない。ハンナは心優しい。なんでもいいから持ち上げておけとデインに言い含められているのだろう。

ホテルに戻ったのはだいぶ遅くなってからで、もうマックスを訪ねる時間はなかった。クレアはため息をつき、変身した自分を再点検しようとバスルームに入った。つやを帯びた顎までのボブ。ふわっとした前髪が顎のとがった小さな顔を縁取っている。目元と唇がひどく目立って他人の顔みたいだ。同じ顔がメイクでここまで変わるとは……。息を詰め、鏡に映る見慣れぬ顔をまじまじと見つめた。金粉をまぶしたようなはしばみ色の瞳にふっくらとした赤いセクシーな唇。だが、それが虚像にすぎないことをクレアはよく知っていた。

ワゴンで運ばれてきた食事をすませると花模様のナイトドレスに着替え、テレビをつけてソファに丸くなった。まだ九時になったばかりだが、くたくたに疲れていたクレアは目を閉じるなり深い眠りに引き込まれていった。

「朝食だよ……。やれやれ、それじゃまるでパンダだ」笑いを含んだ聞き慣れた声がする。目を覚ましたクレアを助け起こし、背中にふかふかの枕を差し込むと、デインはベッドの上に朝食のトレイを置いた。

3

「ゆうべドアに鍵が差し込まれたままになっていたよ」ディンはもうカーテンを開けている。「一緒に出かけようと思って迎えに来て気づいたんだ。通りがかりのどなたでも歓迎しますって意味？」

「あなたが私をベッドに運んだの？」クレアは悔しまぎれにかみつくように言い返した。

「きみが前後不覚で寝入っていたからってぼくのせいじゃない。さあ、食べて。廊下でルームサービスの女の子と出くわしたんで受け取っておいたよ。あと一時間ほどでハンナが来る」

「子ども扱いはやめて」

ディンはベッドの足元からクレアの顔を眺めた。「インディアンの戦士みたいにマスカラとアイシャドーを塗りたくったその顔じゃ、どう見ても十八歳以上には見えないよ。それにしても、ずいぶん短く切ったものだね」

クレアは不安げに寝乱れた髪を撫でつけた。「私は気に入ったわ。似合わない？」

「似合ってるけど、ずいぶんイメージが変わったから、マックスはいやがるかもしれない。それはそうと、彼と連絡は取れた？」

「いいえ、電話してもだれも出ないの」マックスに好意的でないデインに心の不安を打ち明けるつもりはない。クレアは話題を変えた。「ゆうべはどこに連れていってくださるつもりだったの？」

デインの視線が寝起きのやわらかなクレアの唇をなぞり、一瞬、室内に不思議な緊張感がみなぎった。「どこと決めていたわけじゃない」デインが肩をすくめてドアの方に歩き出すと、不意に緊張感は消え去った。「じゃ、またあとで」

「デイン」

「なんだい？」シルバーブロンドの頭がこちらを振り向いた。

「ありがとう」

「いいんだ、クレア」デインは何かに腹を立ててでもいるようにそっけなく応じた。

デインが急に不機嫌になった理由がわからず、あっという間に立ち去った彼の冷ややかさにクレアは傷ついていた。たぶん、ちょっと様子を見に立ち寄っただけなのだろう。ゆうべにしても、私が眠っているのでほっとしたに違いない。彼にとって、美人でもない田舎娘をひと晩連れ歩くのは拷問に等しい苦労でしかないのだから。

クレアはデインをきっぱり頭から締め出した。今夜こそマックスに会える。そう思うといくらか気持が安らいだ。彼がランベリー・ホールに働きに来た去年の夏が、はるか遠い昔のように思えるのはなぜかしら。たぶん、あれからいろいろあったせい……。

日課にしている散歩に出ると、マックスがいつもにこやかにあいさつをしてきた。でもあの日、村の商店の前で鉢合わせしなかったら、二人の関係がそれ以上発展することはなかったと思う。

マックスは慌ててわびを言い、クレアが落とした買い物かごを拾って立ち上がるなり彼女を昼食に誘った。その態度があまりにも自然だったので、クレアはいつもの気後れを感じる間もなくうなずいていた。マックスといると居心地がよかった。彼は家族や友人から離れて孤独だったし、ロイ・バクスターから〝いまふうの考え方〟をばかにされ、じっくり話を聞いてくれる相手に飢えていた。会うたびにクレアの思いは深まってゆき、マックスは一日も早く結婚して落ち着きたいと熱っぽく語った。つかの間の楽しみばかりを追い求める男性が多いなか、マックスの誠実さは新鮮だった。

恋に落ちるのにさほど時間はかからなかった。二人とも内気で引っ込み思案で、そんな二人が急接近したとしても不思議ではない。結婚を申し込まれたときは天にものぼる心地だったが、そのことをアダムに報告したとたん奈落(ならく)の底に突き落とされた。

「やつはうまいことしたとほくそ笑んでいるんだろうが」アダムは毒づいた。「すぐに自分のしでかした間違いに気づくはずだ」

翌朝マックスの姿はすでになく、後日届いた手紙には、これ以上悶着を起こしたくなかったので黙って出発したと書いてあった。いわれない解雇は屈辱的な経験であったに違いないが、温和な彼はことを荒立てるのを好まなかった。いずれにしても、住む家も仕事もないのに私を一緒に連れていけるはずもない。でも、もし一緒に逃げようと言われていたらあれほど惨めな気持にはならなかっただろう。マックスは勝ち目のない闘いからしっぽを巻いて逃げたのだと恨みがましく思ったことを、クレアはいま反省していた。

ハンナは時間どおりにスイートのドアをノックし、二人はさっそくハロッズに買い物に出かけた。けれど広々としたデパートに並んでいるのは、マックスとの慎ましい結婚生活とは無縁の高価な服ばかりだ。それに、デインに借りたお金はどんなことがあっても返そうと思っていたので、クレアは何度も値札を調べ、ハンナが何かを勧めてくれるたびにぎょっとして手を引っ込めた。

結局は店員を味方につけたハンナに説き伏せられ、ドレスにコート、しゃれたジャケット、スーツ、さらにはジーンズとセーター、手洗い可能なシルクシャツと下着一式を買い込むことになった。

「イブニングドレスもいるわ」クレアが尻込みしても、デインの命令を受けているのだとハンナは譲らなかった。

うながされるまま、クレアはぴったりしたメタリックブルーのドレスを試着し、それに合う靴とイブニングバッグも買いそろえた。

「どんなウェディングドレスを着るつもり？」昼食に立ち寄った静かなレストランでハンナは楽しそうに目をきらめかせた。「未来のだんなさまはどんな方か聞かせてくださる？」ハンナは優しい姉のようにほほ笑んだ。「それとも二人のことは秘密？　年齢を明かしたがらない女性みたいに、恋人のことは何も話してくださらないのね？」

優しい問いかけにクレアは赤面した。「祖父が亡くなったばかりなので、派手なことはしたくないんです」親切なハンナに嘘をつくのは後ろめたかった。「ウェディングドレスじゃなく、平服で式を挙げようと……」そのとき高級スーツに身を包んだ黒髪の男性がテーブルのそばで立ち止まった。

「きみがクレアだね？」彼は手入れの行き届いた手を差し出し、ハンナに笑いかけた。

「何も悪いことはしないよ、ハンナ」

「クレア、こちらはムッシュー・ル・フレノー」ハンナはしぶしぶのように紹介した。

「デインと偶然ドーチェスター・ホテルで出くわしてね。彼がいつも出没する場所じゃないんで、こんなところで何をしているのかときいたんだ。きみがデインのいとこか……。彼の話から察してポニーテールの少女を想像していたんだが」

「クレアは結婚を控えたレディですわ」ハンナは冷ややかで取りつくしまがなかった。

「失礼、ムッシュー、二人だけで話があるんです」

あからさまな拒絶に彼の笑顔がこわばった。「家族同然のぼくに水くさいね、ハンナ。ぼくがいっときはデインの義理の父親だったことを忘れないでくれたまえ。しかし、お邪魔なようだから退散するよ。それじゃ、また近いうちに」

クレアはきざなフランス男を見送った。デインより二、三歳年上にしか見えない。それに、エレナがトリオ・ヴィスコンティ以外の男性と結婚していたなんて話は聞いたことがなかった。

「デインはジル・ル・フレノーを信用していないの。あなたに紹介する必要がある人物とは思っていないはずだわ」

「いまの方、ほんとうにエレナ・ヴィスコンティと結婚していたんですか？」

「ええ、エレナの四人目の結婚相手よ」ハンナはあきれ顔でクレアを見つめた。「デインのことはほとんど何も知らないとおっしゃったけれど、それはほんとうだったのね？」

「四人目？　知らなかったわ。実のお父さまが亡くなったのはデインがいくつのときでしたの？」

「七つよ。トリオ・ヴィスコンティはエレナよりだいぶ年上だったけれど、家庭は円満だったの。未亡人になってから、エレナはどこに行くにも息子と一緒で、それもほとんどが海外暮らしだったわ。そんな環境で育ったデインが人並み外れて早熟だったとしても無理ないわね」上司の生い立ちについてそれ以上語るべきではないと判断したのかハンナは口を閉ざし、タイミングを見はからったようにウェイターが前菜のシーフードを運んできた。

しばらくしてクレアは料理から顔を上げて静かに言った。「ハンナ、もう少し詳しく話してくださらない？　あなたはデインのお父さまの秘書も務めていらしたの？」

「二十五歳のときにエレナの社交担当の秘書になったの。とてもきれいな方だったけれど、人間的にはちょっと……。デインがいなかったらとっくに辞めていたと思うわ。周囲の人が眉をひそめるようなエレナの生き方には共感できなくて。デインは多感な時期を、派手な乱痴気騒ぎやらドラッグやら、なんでもしたい放題の母親を見て過ごしたってわけ」

知らなかった。デインが自信に満ちあふれているのは、立派な両親に守られて幸せな子ども時代を送ったからだと思い込んでいた。

「エレナはデインを愛していたのかしら」

「彼女なりに愛していたんでしょうね。でも、周囲にデインを弟と紹介することもたびたびだったわ。年を重ねて容姿が衰えるのが怖かったんでしょう。デインは小さな大人のように扱われていたから、ほんとうの家庭の味を知らないの」

金色のかごのなかで育ったデインは独立独歩のタフな大人にならざるを得なかったのだ。失われた彼の少年時代を思い、クレアは胸を痛めた。

「デインは昔からあなたを妹のように思っていたのに、どうして急にランベリー・ホールに行かなくなってしまったのかしら？」

「祖父と衝突したの……何が原因かはわからないけれど」クレアはふと唇に笑みを浮かべた。「デインに誠実に尽くす知的で芯の強いこの女性がだんだん好きになってくる。「実は私、ティーンエイジャーのころデインに夢中だったの」

「まれに見るいい男ですものね。それが災いになるくらい」ハンナは驚いたふうもなくつぶやいた。「それで、デインはそんなあなたにどう接したの？」

「まったく知らん顔よ」クレアは笑った。「二、三日前まで、彼が私ののぼせ上がりに気づいていたなんて知らなかったくらいですもの」

「じゃ、ティーンエイジャーがかかる〝恋の病〟からはもう回復したということね？」

ハンナは何かを探ろうとしているのだろうか？「少なくとも、あのころみたいに雲の上を漂っているような気持ではないわ」

午後遅くホテルに戻ると、クレアはマックスに会いたい一心でフロント係に住所を示し、複雑な道順を教えてもらって一人街に出た。その地域はぞっとするような場所だった。陰気な集合住宅の壁は落書きだらけで、ところかまわずごみが散乱し、近くの建物の玄関口にたむろするすさんだ顔つきの若者たちが猥褻な言葉をかけてくる。雨のなか、クレアは心細い思いで足取りを速めたが、目指す建物にたどり着くころ、すでに日は暮れかけていた。

がたがたときしむエレベーターで八階まで上がり、彼の部屋のベルを押しても応答はない。不安になり、クレアは郵便受けを揺すってみた。母親と妹と同居していると言っていたから、きっとだれかいるはずだ。

「ちょっと、静かにしてくれない？」背後に金切り声がして振り向くと、向かいの部屋のドアが開いてぽっちゃりした若い女性が顔をのぞかせている。「留守だってことくらい、わかるでしょう？」

「いつお帰りになるかご存じありませんか？　遠くから来て、またすぐロンドンを離れなければならないので……。大事な用があるんです」

髪をブロンドに染めたその女性はクレアを上から下まで眺めまわした。「実家に行ったから今週いっぱいは帰らないわよ。あなた、彼とどんな関係？　そんなにめかし込んで、どうやらこの辺の人じゃなさそうね」

「また来ます」クレアはなんとか笑みを作った。

「ふん、気取った女！」エレベーターに引き返すクレアの背中に罵声が飛んだ。酔っているのかもしれないが、マックスの隣人はあまり人付き合いが得意ではなさそうだ。女性の口ぶりから察するとマックスは一人暮らしのようだ。家族はよそに引っ越したのだろうか？　クレアは困り果ててため息をついた。どうしよう。パリに発つ前にマックスと話し合うつもりだったけれど、そのチャンスはなさそうだ。

クレアは鬱々とした思いで寒い通りに出た。久しぶりの再会を楽しみにしていたのに、訪ねてみれば留守だなんてがっかりもいいところだ。一刻も早くホテルに帰ろうと、クレアは街の中央の暗い広場を突っ切ってバス停に向かった。

なんの物音もしなかった。クレアはいきなり後ろから突き飛ばされ、ぬかるみに倒れ込んだ。恐怖に駆られて悲鳴をあげたとたん、脚に重いものがのしかかり、荒っぽく髪をつかまれてしまった。「騒ぐな」男が警告した。

喉元に押しつけられた鋭利な刃物を、クレアは見たというより肌で感じ取った。「宝石はないのか？」男はクレアの腕を持ち上げて舌打ちした。「くそっ、面白くねえな。バッグには何が入ってる？」

別の男の声がし、レイプされるかもしれないというすさまじい恐怖がこみ上げてきて、クレアはナイフが首から離れたすきに体をぐっとそらして男をはねのけた。と同時に頭に衝撃を受け、燃えるような痛みに思わずうめいた。そのとき怒声が聞こえ、不意に体から重みが取りのぞかれた。むかつきとめまいに耐え、なんとか落ち着こうとするクレアに懐中電灯の光が当てられる。

だれかがぬかるみのなかから彼女を助け起こした。路上に止めてあるパトロールカーに向かう途中、あの広場を一人で横切るなんて無謀すぎると厳しくたしなめられはしても、制服姿の警官の存在をこれほど頼もしく感じたことはなかった。

「もう大丈夫です」クレアは震えながら言った。「それより早く帰らなくちゃ……」

「その前に署で供述してもらわなければなりませんよ、お嬢さん」パトロールカーのなかで、警官はさっきより声をやわらげて住所と名前を尋ねた。

「ドーチェスターです」

「ドーチェスター？」警官は首をひねった。「そんな住所は知らないな。この辺じゃないですね？」

「ドーチェスター・ホテルです」クレアは泥まみれの手と服を見下ろした。これではきっと顔も泥だらけだ。浮浪児みたいに見えるだろう。「そこに泊まっているんです。ハンドバッグをとられました」

「かなりの被害ですか？」もう一人の警官が打ち解けた口調で尋ねた。

クレアは泣くまいと歯を食いしばった。「ええ、何もかも」誇張しているわけではない。ハンドバッグにはマックスからの手紙の束と、一年間こつこつためてきた大事なお金が入っていたのだ。

警察署では近親者としてデインの名を挙げなければならなかった。暴漢の顔を見ていないので調書を取るのにさほど時間はかからなかったが、ハンドバッグとともにどれほど貴重なものを失ったかを思い知らされ、愕然（がくぜん）とした。

「だれか迎えに来てくれる人はいませんか、ミス・フレッチャー？」手続きがすむと若い婦警が立ち上がった。「どなたもいらっしゃらないなら署の車でホテルまで送りますけど」

車を待っていると、デインがつかつかと部屋に入ってきた。全身に憤怒をみなぎらせていたが、その姿を見たとたん、クレアは安堵の波にひたされた。彼は一瞬立ちすくみ、怒りにくすぶるブルーの瞳で泥まみれのクレアを見つめた。「なんて格好だ」彼は有無を言わさぬ態度で手を差し伸べた。「もう帰っていいんだね?」

「どうしてここがわかったの?」

「電話があった」デインはクレアを引きずるようにして警察署を出ると、リムジンのドアを開けてなかに押し込んだ。「レイプされたのか?」

「いいえ。バッグをとられたけれど」

「これを飲んで」デインはクレアの震える手にグラスを押し込んだ。「ハンナに任せておけば安心だと思っていたのに、ちょっと目を離したすきに一人で危険な場所に出かけるとは……」

「いらないわ」クレアはグラスを押し返した。「頭を打ったから……アルコールを飲んでも気分がよくなるとは思えないの」

「帰ったらすぐに医者を呼ぼう」

「その必要はないわ」

「必要かどうかはぼくが決める」デインは不機嫌に言い返した。「ひどいけがをしているかもしれないじゃないか」

頭がずきずき痛み、それまで懸命にこらえてきた涙が堰を切ったようにあふれ出した。

「ごめんなさい、デイン、迷惑をかけてしまって」

「謝ってすむものじゃない。警察からきみを保護したという電話があったとき、レイプでもされたのかと肝をつぶしたよ」デインはゆっくり息をつき、いきなりクレアの肩を引き寄せた。

「あなたまで泥だらけになってしまうわ」

シルクのシャツが頬に触れ、力強い鼓動が耳にとどろく。懐かしいにおいが鼻をくすぐり、クレアはなんともいえない酩酊感に包まれた。意志とはかかわりなく、胸の先端が痛いほどに張りつめてくるのがわかる。彼にしがみつきたいという強烈な衝動と闘い、クレアは両手をきつく握り締めた。

緊張を感じ取ったのかデインはすぐに抱擁を解き、クレアの手にハンカチを握らせると額に落ちかかる髪を後ろに撫でつけた。「今夜は一人でホテルにいたくないだろうから、一緒にペントハウスに帰ろう。それにしても、なぜあんな危険な地域に出かけていったの？　道に迷ったのかい？」

あの界隈にマックスが住んでいると言ったらデインはどう思うだろう？　スラム街にもまともな人が大勢住んでいるはずだけれど、デインはそうは思っていない。富に守られて育った男がスラム街に住む失業者を見下すのは目に見えている。

クレアは純白のハンカチについた泥を見つめた。「学生時代の友だちに会いに行くつもりだったんだけれど、住所が違っていたみたい」

「車を呼べばよかったのに」

「そして車ごと強盗にあう？」クレアは精いっぱい冗談を言った。「あなたの家に行ってもいいのかしら。お仕事の邪魔にならない？」

「ちっとも」

リムジンは地下駐車場に入り、クレアはデインに手を取られて車から降りた。

明るいエレベーターのなかで、デインは眉をひそめてクレアの首に触れた。「この傷は？」

肌に押し当てられた冷たいナイフの感触がよみがえり、クレアは震えた。「ナイフを突きつけられたの」

デインの目には新たな怒りが燃え上がった。「眼鏡はどうしたんだ？　部屋にいるならともかく、一人で出歩くときはかけるべきじゃないか？　いくら眼鏡なしのほうがかわいいといっても……」

かわいい？　身長百九十センチ、視力は完璧、歯には治療痕すらない健康でハンサムな男性が私のことを〝かわいい〟ですって？　冗談もいいかげんにして。彼はたぶん、眼鏡をかけた女性と付き合ったこともないのだろう。

「壊れてしまったの」

「代わりのは?」二人は分厚いカーペットを敷きつめた廊下を進み、一番奥のドアの前で立ち止まった。

「そんなのないわ」

「だったら新しいのを買えばいい。コンタクトレンズができるまでのあいだ不便だろう」

ドアを開けたのは白いジャケットを着た律儀そうな小柄な男性だった。「トンプソン、こちらはミス・フレッチャーだ。二、三日ここに泊まることになったのでよろしく頼む。見てのとおり、ちょっとした事故にあってね。すぐに医者を呼んでくれないか」デインはあっけにとられている老執事の脇(わき)をすり抜け、クレアを伴って部屋の奥に向かった。そして突然くすっと笑い、身をかがめてささやいた。「一度でいいからトンプソンを驚かせてやりたいと思っていたんだが、いま初めて成功したよ。彼はいつもポーカーフェイスで感情を顔に出さないんだ」

周囲を見まわす余裕はなかった。デインは広い寝室にクレアを案内すると、浴室に直行してバスタブの蛇口をひねった。それから当然のように手を伸ばし、ジャケットを脱がせようとする。

クレアは慌てて身を引いた。「自分でできるわ」

「いまさら恥ずかしがっても遅いよ」デインは真顔でクレアを見つめた。「きみのことはなんでも知っているんだから」

「そうは思わないわ」

デインはちょっと意外そうな顔をすると、シルバーブロンドの頭をのけぞらせて笑った。

「オーケー、きみのプライバシーとやらを尊重しよう」

ドアを閉めてもなお笑い声が聞こえてくる。何がそんなにおかしいのかしら？　彼の目には滑稽なほどうぶで取り澄ました女と映ったのかもしれない。湯を張ったバスタブに身を沈め、クレアはさっきデインの腕のなかで経験した奇妙な感覚を思い出した。あんなふうに感じたのは生まれて初めて……いいえ、違う。デインに夢中だった十六歳のころ、彼を思うだけで体が微妙な変化を示すのに気づいて当惑したことがある。でも当時はまだ若すぎて、それが何を意味するのかわかっていなかった。いま再びあのころと同じ気持を味わうなんてどうかしている。デインは哀れないとこへの同情心から親切にしてくれているだけなのに……。

嬉しい発見ではないけれど、いくらマックスを愛していても、ほかの男性の魅力が目に入らないというわけではないらしい。さっきの体の反応は、たぶん少女時代のデインへの憧れの名残のようなものだ。ティーンエイジャーのころは彼に抱き締められる夢ばかり見ていたのだから。あるいは、突然の出来事に気持が高ぶっていて過剰反応しただけなのかもしれない。割り切れない思いのまま体にタオルを巻きつけて寝室に戻ると、ベッドの上にいかにも高価そうなナイトドレスが置いてある。

　だれのかしら。ふんわりした生地を顔に近づけると新品のにおいがした。それを着てパールグレイのサテンと淡いピンクのレースのあいだに体を滑り込ませると、自分が自分ではないような、なんとも面映（おもは）ゆい気分になってくる。トンプソンがお茶を運んできて空腹かどうかを尋ね、入ってきたときと同じように無表情のまま立ち去った。ポーカーフェイスどころか、感情のないロボットのようだ。

　女性客はめずらしくもないのだろう。ブロンドやブルネットの、手と脚が果てしなく長いデイン好みの女たち。ここ数年のあいだに彼との仲を噂（うわさ）された女性は二ダースを下らない。だれもが一様に背が高く、華やかに光り輝いていた。

　デインとマックスの二人はどこから見ても正反対だ。マックスと結婚すれば穏やかで平凡な家庭生活を営むことになるだろう。でもデインにそんなライフスタイルは似合わない。家庭の味を知らず、自由奔放に育ったデインにとって、そんな地道な毎日は死ぬほど退屈に違いない。

　医者は到着すると、首筋の小さな傷を見て念のために破傷風予防の注射を打ち、あとは心配なさそうだと言って帰っていった。

「おなかはすいていないそうだが」入れ代わりにデインが寝室に入ってきた。「夕食を食べそこねたはずだから、オムレツでもどうかと思って」

「部屋に入るときはノックをしなさいって、だれにも教わらなかったの？」クレアはキルトの上がけを胸元まで引き上げた。

「いま初めて教わった」デインはクレアの膝の上にトレイをおいた。「少し食べたほうがよく眠れる。パリにはあさって出発するから、いまのうちにゆっくりやすんでおかなくちゃね」

あさって――そんなにすぐに？　クレアは急に不安になり、戸惑いを気取られまいと焦るあまり余計なことを口にした。「あなた、ここでだれかと一緒に暮らしているのかと思ったわ」

「暮らしていた……かつてはね」

「そう」これ以上深入りしないほうが賢明だ。なぜ詮索めいたことを口にしてしまったのか自分でもよくわからない。「ごめんなさい」

「なぜ謝るの？」彼の美しい唇に冷たい笑みが刻まれた。

「その方、あなたを愛していた？」きかずにはいられなかった。どんな関係でも、深刻になる前に身を引くのはデインの側だという気がしてならない。

「彼女が愛したのは、ぼくの小切手帳と快楽だけだ。どちらかというと、小切手帳のほうが魅力的だったようだが」彼は平然と答えた。

クレアの頬に血がのぼった。「あなたにとって彼女がその程度の存在でしかなかったのなら、別れてよかったのかもしれないわね」

「いいセックスは楽しいものだ、クレア。それだけのことさ」デインは反応をうかがうようにクレアを見つめた。「次の質問は？」

クレアはナイフとフォークを取り上げた。「きかなければよかったわ」

「じゃ、こっちから質問しよう。マックスにはいつ紹介してもらえるんだい？」

黄金色のオムレツに入れようとしていたフォークがぴたりと止まる。「彼、いまロンドンにいないの」

「家を訪ねもせず、電話もかけずにそのことがわかったというの？」

デインはいやになるほど勘が鋭い。クレアはうつむいたままオムレツにナイフを入れた。

「彼の友だちに電話をしたの。もちろんマックスには会いたいわ。でも、いまはつかまらないの」それは百パーセント嘘ではない。「ある意味では、これでよかったのかもしれないとも思うの。マックスは私たちの結婚に反対するかもしれないし、あなたの気が変わる可能性だってないとは言えないんだし」

「この計画を白紙に戻したいなら、ぼくはいっこうにかまわない」デインはしゃくにさわるほど平然と言い放った。「ひと晩じっくり考えてみるんだね」

4

ジェットエンジンの単調なうなりのせいか、あるいは神経の高ぶりのせいか、鈍い頭痛がする。クレアの不安にも気づかないふうに、デインは流暢なフランス語で電話中だ。さっきまで顧問弁護士のルー・ハリソンと検討していた書類は、豪華なキャビンに作りつけられたデスクにのっている。向かいに座る弁護士の冷ややかな視線に傷つき、クレアは膝の上の雑誌に目を落とした。

ルーとは昨日の朝、初めて顔を合わせた。クレアのサインが必要だという書類を持って彼がペントハウスにやってきたとき、デインはたまたま外出中だった。「これはなんの書類？」弁護士の無言の敵意に気圧されて、クレアは遠慮がちに質問した。

「あなたの相続財産の管理をデインにゆだねるという念書です、ミス・フレッチャー。といっても一年間という条件つきですが。その後は遺産をどう処分しようが完全にあなたの自由です。この念書はぜひとも必要だとデインが言い張るので」

弁護士の侮蔑的な態度が引っかかる。「でも、あなたはそうはお思いにならないのね？」

「そうは言っていません」

「おっしゃらなくてもわかります」クレアはそう言いながら書類にサインした。「あなた

「あなたが反対なさる理由はなんですの?」

弁護士はブリーフケースに念書をおさめ、ぱちんと鍵をかけた。「結婚なさるそうですが、私としては賛成しかねますね。デインはあなたに代わって遺産管理という重荷を背負うばかりか、婚姻前にきちんとした契約書を交わすべきだという私の助言に耳を貸そうともしないんですから」

「ご心配なく。デインのお金には指一本触れるつもりはありませんわ、ミスター・ハリソン。結婚は単なる形式ですから」

「その形式こそがヴィスコンティ財閥におけるあなたの権利を保証することになる。弁護士として言わせてもらえば、この婚姻は単なる形式以上のものなのです。デインは大富豪ですからね。ところが彼はあなたを信頼して、自分の利益を守るための手段を何ひとつ講じようとしない。当然のことながら私はこの結婚に反対ですが、この際、個人的な意見は差し控えましょう。私の勘ぐりが間違いであれば謝りますが」弁護士はクレアの怒りの視線を受け止めた。「これは警告だと思ってくださって結構です、ミス・フレッチャー。状況が変われば闘う相手は私になるんですからね」

彼は私が財産目当てに結婚すると思い込んでいるようだ。それればかりか、親戚という立

場を利用してデインを欺いているのではないかと疑っている。相手が赤の他人ならデインも少しは警戒するだろうというわけだ。あまりの屈辱感に、そのことについてデインと話し合う気にもなれなかった。

クレアはゆうべ夕食のテーブルで、近いうちにアダムの財産を整理できそうかどうか、それとなくデインにきいてみた。いっときも早く自立できればそれに越したことはない。

「待ちきれない？」デインは探りを入れてきた。「余命いくばくもないと知りながら、アダムはなぜ事業を整理しておかなかったんだろう。すべてをきちんと始末して往生したとばかり思っていた。あの病状では、そこまで考える気力はなかったのかもしれないが」

クレアは気遣わしげにデインを見つめた。「何か問題でもあるの？」

「特にこれという問題はないんだが、カヴァーデイルはいまだに例の南アフリカでの投資の流れをつかみかねている。税金逃れのためか、アダムは帳簿上かなり複雑な操作をしていたようだ」

「そんなはずないわ。仕事に関して、お祖父さまはとても几帳面だったから」

デインは肩をすくめた。「アダムほどの欲深が清廉潔白であるはずがない。いずれにしても、きみが心配することはないさ。その件は専門家に任せたから。はっきり言って、この問題はカヴァーデイルには荷が重すぎる」

そのやりとりは長いあいだ頭から離れなかった。帳簿のつけ方に関して祖父はしつこいくらいうるさかったのに……。ドアの閉まる音がしてクレアは現在に引き戻された。ルーがキャビンから出ていったところだ。

「やけにおとなしいね。もうすぐ着陸だ」ディンは肘かけ椅子に身を沈め、シャツの襟元のボタンをかけてネクタイを締め直した。「ルーに何か言われた？　察しはついたが、黙っていろと命じられてそれに従うのが優秀な弁護士ってわけじゃないからね。でもきみなら大丈夫、うまくやれる」

「ええ、そうね」クレアはさらりと受け流し、やや唐突に話題を変えた。「そういえば、スーツ姿のあなたを見るのは初めてだわ」

「たった一度のことだからね」

「いつかほんとうに結婚するときまで？」

「とんでもない。そんな愚かな真似をする気はさらさらないよ」

「一生結婚しないつもり？」

「自分の遺伝子を次の世代に残したいなんて願望は、これっぽっちもないからね」ディンはからかうように眉を上げた。「きみのほうは結婚したくてうずうずしているようだけど」

「子どもを欲しがっちゃいけないの？　それがそんなに悪いことかしら？」

「きみって、そよ風みたいにさわやかなんだね」

クレアはつんと顎を上げた。「結婚すれば、生まれて初めて自分のいるべき場所を手に入れることができるのよ」

「マックスは願望をかなえるための道具ってこと?」デインは鼻で笑った。「ぼくより彼のほうが都合がいいんだね。愛は種の保存という原始的な欲求よりははるかに崇高なものだとぼくは思うが」

「どちらにも興味がないあなたに判断を下す資格があるの?」言い返したものの、デインの冷徹な言葉は小さなとげのように心の隅に引っかかった。

確かに、家庭を持つことを真剣に考え出したのはマックスと出会ってからだった。とはいえ、二人を結びつけたのは映画や小説に出てくるような激しい情熱ではなかった。そんな愛が現実に存在するとは思えない。愛とは穏やかで永続的な関係であり、男女が手を携えて人生共通の目的に向かって進む、きわめて実際的な結びつきだとクレアは考えていた。

ところがデインは結婚とか責任、あるいは女性というものをまったく尊重していなかった。でも批判するのはお門違いだろう。そういう人間だからこそ、偽りの結婚に協力する気になってくれたのだ。

人目を避けて、式はパリ郊外の小さな役場で挙げることになっていた。建物に入る直前、クレアはいきなりデインの袖をつかみ、数歩先を行くルーに聞こえないように声をひそめた。「気が変わったならそう言って。いまならまだ間に合うわ。なんだか無理強いしたみたいで気が重いの」

　デインはクレアの小さな鼻にのせられた眼鏡を指先で押し上げた。「無理強いされたとは思っちゃいない」彼は笑い、不安そうにロビーに立っている婦人の方にクレアを押し出した。「それに、土壇場で予定を変えたらだれかさんががっかりするよ」

「メイジー！」クレアは一瞬自分の目を疑ったが、すぐに飛んでいって老婦人を抱き締め、差し出された可憐な花束に歓声をあげた。

「ゆうべはすばらしいホテルに泊まらせていただいたうえ、今朝は迎えの車まで差し向けてくださったんですよ」メイジーは自分がパリにいることがまだ信じられない様子で呆然としている。「お二人の結婚式に立ち合えるなんて……」メイジーはクレアの手を握り、声を詰まらせた。

「さあ、なかに入りましょう、ミセス・モーリー」デインがうながした。

「ありがとう、デイン」クレアは濡れた目をぬぐった。「嬉しいわ。たとえほんとうの結婚じゃないとしても」

「ぼくにはほんとうの結婚式みたいに思えるけど」デインはクレアにささやいた。「一人でも知り合いがいたほうが気持が落ち着くと思ってね」

　式は二十五分で終わり、先に部屋を出ようとしたルーがいまいましげにののしった。

「いったいどこでかぎつけたんだ！」

　薄暗い廊下にフラッシュがたかれ、二人は突如現れた人波と質問の嵐にもみくちゃにされた。隣にいるデインは平然としているが、ルーは恐ろしい形相でクレアをにらみつけた。騒々しい記者たちの出現はクレアのせいと決めつけているようだ。人波をかき分けてようやく外に出たものの、デインを見る勇気はない。メイジーはルーに守られて別の車に連れていかれ、別れを告げるいとまさえなかった。

デインは階段のところで一瞬ためらい、それから突然クレアの肩をつかんで自分の方に向かせた。「きみがマスコミに知らせたのか?」彼はそう言うなり人垣のただなかでクレアを引き寄せ、唇に荒っぽいキスをした。そして彼女の体を放し、手首をつかんで車に向かって歩き出した。

クレアは恐ろしくて口もきけず、座席の端に小さくなっていたが、そのうちに彼の怒りの原因がわかってきた。新聞に二人の写真が掲載されれば便宜上の結婚を内密にしておくことはできない。デイン・ヴィスコンティが目を見張る美女でもなく、これといった才能もない平凡な女と結婚したというニュースはまたたく間に世間に知れ渡るだろう。

「だれかがもらしたんだ」ルーがつぶやいた。

「私じゃないわ」クレアは震える手を組んだ。「なぜ私がそんなことをするの?」

「ぼくたち以外、結婚のことはだれも知らないはずだ」デインが冷ややかに口をはさんだ。

ロンドンに帰る機中ではだれも口をきかなかった。デインはむくれていたし、クレアはルーの存在が鬱陶(うっとう)しくて眠ったふりを決め込んだ。ペントハウスに着くころは緊張のあまり気分が悪くなっていた。だが、ともかくルーがもうそばにいないのはありがたかった。

「ほんとうに私じゃないわ」デインのあとから居間に入り、クレアはさらに繰り返した。

「だれにも、何も話していないと、聖書に誓ってもいいわ。ハンナにさえ言わなかったのに……デイン？」

クレアの声が聞こえないかのように、デインは重厚な彫刻の施された樫材のカウンターからデカンターを取り、グラスにウイスキーを注いだ。

「私、出てゆくわ」

「マックスのところに行くのか？　ぼくと結婚した日にほかの男の胸に飛び込むのか？」

彼は唇をゆがめ、吐き捨てるように言った。「そうはいかない。世間から見れば、きみはぼくの正式な妻なんだ」

「形だけのことよ」

「それはそうだ。だが、もしこちらの気が変わったら……」

「この結婚を無効にしてもいいのよ」

「結婚を無効にするだって？　このうえぼくに恥をかかせたいのか？」

「私はただ……」

「いいかげんにしてくれ。そんなのは論外だ。だが、もしこれが罠だとわかったら、クレア、ぼくの前をうろちょろしないほうが身のためだ」

「罠?」

デインは受話器を取り上げ、クレアから片時も目を離さずに番号を押した。「ケン?そっちの調査は順調か?」彼は顎をきりっと引き締めた。「オーケー、それがはっきりしたら電話をくれ」そう言って受話器を戻した。

「何かあったの?」クレアは眉をひそめた。

パリだけでなくロンドンでもマスコミに取り囲まれたことすら忘れさせるような、何か重大な問題が起こっているらしい。「ぼくがきみだったら、昼食を部屋に運ぶようにとトンプソンに頼むだろう」

クレアは泣きたい気持で部屋に戻った。いたずらをした子どものように追い払われるのは悔しかったが、すさまじい怒りをたたえたデインに反抗するのは危険すぎる。

クレアは部屋に戻って受話器を取り、番号案内にかけてロンドンに住む友人の番号を調べてもらった。ミランダ・ブレア——愛称ランディは中学の同級生で、いまはロンドンでモデルをしている。話し中だったが、それは彼女が家にいるという何よりの証拠だった。ランディはゲストルームつきのフラットで一人暮らしをしていると何度か聞いたことがある。クレアはワードローブの下からスーツケースを引っ張り出した。

「そんなことじゃないかと思ったよ」ドアのところからデインの物憂げな声がした。「そこそ逃げ出すつもりだろうが、この騒ぎがおさまるまでどこに身を隠しても無駄だ。結婚した日に別れられると思っているとしたら、きみも相当な楽天家だね」

　床に膝をついた格好のクレアに、ジーンズに着替えたデインが近づいてきた。

「いま出ていったほうがいいと思うの。目障りでしょうし……」

「そのとおりだ。だがどこにも行かせはしない」デインは苦々しくうめくと乱暴にドアを閉めた。「可憐な花のようなきみがいくら悲鳴をあげても、トンプソンは助けに来ないよ。怯えているようだね、クレア。嘘がばれたんじゃないかと心配なのかい？　プレトリアにいる優秀な会計士から、たったいま確認の電話があった」

　クレアはのろのろと床から立ち上がった。「プレトリア？　なんのこと？」

　獲物に飛びかかろうと身構える猛獣のような姿勢で、デインは鏡台に寄りかかった。体から猛々しい怒りが伝わってくる。

「ケンは有能な会計士で、アダムの遺産について調査してくれた」

「それで？」

「まだしらばっくれるのか？　無邪気そうな顔をして、純情ぶるのはもうやめたらどうだ！　ずる賢いアダムからいろいろ教え込まれたようだね」

　デインが動いたわけでもないのに、クレアは思わず一歩後ろに下がった。何がなんだかさっぱりわからない。

「すべてがばれる前に姿を消すつもりだった、そうだろう？」穏やかな問いかけに憤怒の深さが感じられる。「そしてほとぼりが冷めたころ、どこかの弁護士を介して離婚を要求してくるつもりだったんだね？　あるいはこっそり戻ってきて許しを乞う？　それほどぼくに夢中なのかい？

「私が何をしたというの？　いずれすべてを水に流してもらえるとでも思った？」

「ぼくに恋い焦がれて、それでこんな茶番を思いついたのか？」体の奥からヒステリックな声が絞り出される。

「あなたに……恋い焦がれて？」クレアは危うくベッドにつまずくところだった。「いいえ、愛とか恋は関係ないわ。私に指一本でも触れたら大声を出すわよ」

「猿ぐつわでもかませるさ。縛り上げるという手もあるし」彼は筋肉ひとつ動かさずに威嚇した。「あまりにも稚拙な手口だったのがきみに幸いしたわけだ。セックスや知性を武器にするのではなく、純情ぶることで男を手玉に取るとはね。だがもうその手には乗らない。化けの皮ははがれたんだ。さあ、いますぐここからマックスに電話をかけるんだ」

「電話してもだれも出ないと言ったでしょう？」後ろめたさにクレアは頬が染まるのがわかった。

「でも彼の友だちとは話した――きみがそう言ったんだ。だがホテルからは一度も電話していないし、外出中はずっとハンナと一緒で電話などできなかったはずだ。とうとう馬脚を現したね」真冬のように冷たい声だった。「マックスなんて男は最初から存在しなかったんだろう？」

「まさか、ちゃんといるわ！」

「カーターは、そんな男は知らないと言っていた。もし実在するなら会わせてほしいね。車を迎えに行かせてもかまわない。どうした？　それでも無理だというのか？」

　クレアは息をのんだ。「彼はいまロンドンにいないの」

「きみのＩＱも大したことないな。ヘリコプターでもジェット機でも車でも近づけないようなアマゾンの奥地で、迷子になっているとでもいうのかい？」

「ごめんなさい、実は私、嘘をついていたの」クレアはついに白状した。「マックスは私が襲われた広場の近くに住んでいて、あの日、家を訪ねたんだけれど留守だったの。いつ帰るかはわからないわ」

「結婚まで誓った相手が所在不明？　連絡を取る方法もなく、彼と相談もせずにぼくとの結婚を決めたとでも？　そんな話を信じると思うのか、クレア？　三つの子どもだって、もっとましな嘘をつく。マックスはきみの想像の産物だ。今日の結婚式が形式にすぎないことをぼくに信じ込ませるために、でっち上げた架空の人物さ」

　神経がぷつんと切れる。「マックスはちゃんといるわ！」クレアはハンドバッグに飛びつき、鷹（たか）のような目で見下ろすデインの前にその中身をぶちまけた。「あなた、どうかしているわ。いくらなんでも私がそんな嘘をつくと思う？」しばらく床に散乱した化粧品をかきまわしていたが、やがて手を止め、怯えた目でデインを見上げた。「そういえば、彼の写真も手紙も盗まれたバッグのなかに……」

「さすがだね。グレタ・ガルボも脱帽する名演技だ」デインは皮肉った。「もしマックスが実在の男なら、ただではおかない。この詐欺行為の片棒を担いだんだろうからね」

「私、出ていくわ」クレアはいきなりドアの方に歩き出した。

しかし、がっしりした手に手首をつかまれ、引き戻されてしまった。「どこに行くつもりだ？」デインはダイヤモンドのような冷たいまなざしでクレアを射すくめた。「きみには、いま着ている服を除けば何もない。ランベリー・ホールを売却した二千ポンドの金にしても、きみがしきりに同情している〝哀れな老夫婦〟のものになるんだ」

「だったら仕事を探すわ」

「働いたこともないのに？　それにきみは既婚者で、ぼくには妻を扶養する義務がある。よくもそこまで綿密に計算できたものだと感心するよ。一年以上前に例の南アフリカでの投資が失敗して、アダムはすっからかんになった。そもそも最初から財産と言えるほどのものはなかったようだが」

「遺産は……何もないということ？」

「アダムは屋敷を抵当に入れて借金をし、なんとか周囲の目をごまかしてきた」デインはさらに追い討ちをかけてくる。「まったくお金のないきみに気前よく投資したぼくもどうかしていたよ。いまごろカーターはよくぞ罠から逃れられたと、感謝の祈りを捧げていることだろう」

信じられない。一ペニーも遺されていないとは。ありもしない財産を手に入れようと策を弄したために天罰が下ったのだ。クレアは打ちのめされ、その場に立ちすくんだ。買ってしまった服の支払いは？　デインに立て替えてもらったお金はどうやって返したらいいのだろうか？　暗澹たる思いが胸に広がる。頭が真っ白になり、数秒間、デインが器用にドレスのボタンを外し始めていることにも気づかなかった。クレアは驚いて身を引き、そのはずみでやわらかいシルクの生地が裂けた。「動くからいけないんだ」デインはまるでこの状況を楽しんでいるかのようにつぶやいた。

「何をするの？」彼女はドレスの前をかき合わせた。

「ばかなことをきくんだね？　だが、きみはばかじゃない。きみよりずっとましな女にさえつかまらずに独身を通してきたこのぼくをたらし込み、金脈を掘り当てたんだから」

「お願い、冷静になって」

「ぼくは冷静だ。きみの利用価値がこれしかないとしたら、いただかない手はない」

デインは私を懲らしめようとしている。「私なんか欲しくもないのに……」

「ぼくはきみと結婚したんだし、新婚初夜にほかのだれかをベッドに誘い込むわけにもゆくまい？」

デインはいきなりクレアの肩をつかみ、抵抗するすきも与えずにドレスをはぎ取り、床に落とした。彼女は飛びすさったが、それもつかの間だった。彼はすぐにクレアを引き戻し、ぐいと顎を押し上げた。

「合意するよりレイプされたほうがましかな？」

「デイン、誤解よ。勘違いしてるわ」クレアは懸命に訴えた。「アダムが破産してたなんて知らなかったの。ほんとうよ。私が欲しくもないのになぜこんなことをするの？　あとできっと後悔するわ」

「なんの罰も受けずにこの部屋から出ていけると思ったら大間違いだ」デインはジーンズのウエストからシャツの裾を引っ張り出した。

口がからからに乾き、心臓が狂ったように打ち始める。目の前にいる傲慢なけだものが、あの〝優しいいとこ〟と同一人物とは思えない。かつて、そしていまもなお、デインはクレアにとって特別な存在だった。でも、彼のなかにひそむ陰の部分をかいま見て恐ろしさに身がすくみ、動くこともできない。

「デイン」クレアは最後の説得を試みた。「私、マックスを愛してるの。もし何かあったら彼は決して許してくれないわ。それに、私なんか相手にしても楽しくない……」

デインは突然大きな声で笑い出し、ジーンズを脱ぎ捨てた。「こんなときに冗談を言うとはね」

けれどブルーの目は笑っていなかった。彼は復讐しようとしている。私が周到に、狡猾に、彼を結婚という罠に誘い込んだと思い込んでいるのだ。それも無理からぬことだろう。結婚してほしいと頼んだのは私のほうだし、婚約者のマックスをここに連れてくることさえできないのだから。クレアの主張を証明する証拠は何ひとつなく、デインは獰猛な怒りに自制心を失っていた。

クレアは必死で争ったが、ついに羽根のように軽々とベッドに投げ出されてしまった。デインは重みをかけずにクレアの上に体を重ねてきた。「結婚してほしいと言い出したのはきみだ」彼は残酷に事実を突きつけ、その侮蔑的な声の響きにクレアはただ赤面するしかなかった。近づいてくるデインの顔が午後の陽光をさえぎり、シルバーブロンドの髪が後光のようにぼうっと輝く。

彼は唇には触れず、舌先で頬の涙を拭い、閉じたまぶたの端をくすぐり、敏感な顎の曲線から脈打つ首の付け根へと愛撫していった。クレアは何度ももがき、身をよじった。なんとかして逃げなければ……。人形のようにじっとしていたら合意したと思われてしまう。

ついに唇が重なり、熱い舌が深々と差し入れられた。生まれて初めての経験に衝撃を受け、クレアは思わず声をあげた。「やめて！」

しかし、デインにやめるつもりはさらさらなかった。情熱に免疫のないクレアは愛の達人の手で巧みに官能をかき立てられ、争う気力を失っていった。体の奥を揺さぶるような、これほど強烈なキスがあるなんて知らなかった。クレアはつややかな筋肉がうねる肩にしがみつき、豊かに波打つ髪に指を差し入れて覆いかぶさる彼の体をさらに引き寄せた。触れ合う肌を通して情熱の炎が燃え移ってくる。クレアは欲望の海に溺れていった……。

デインは突然唇を離し、濡れたはしばみ色の瞳を見下ろした。「大した猫かぶりだ」

残酷な言葉に体が凍りつく。「あなたなんか大嫌い！」いつの間にかデインの思うつぼにはまっている自分に気づき、愕然とした。

永遠とも思える長い時間、クレアはか細い体で必死に抵抗を続けたが、ついに精根尽き果ててぐったりベッドに身を沈めた。

「もう降参かい？」クレアの荒い息遣いを聞きながら、デインは乱れて汗ばんだ赤毛に長い指をからませた。「なぜそんなに意地を張るの？　楽しむのが怖いのかい？　こんなふうにぼくをじらすために結婚したのなら、きみはずいぶんへそ曲がりだね。それに……」

デインはいきなりクレアの波打つ胸のふくらみをてのひらにおさめた。「奪えるものはこれしかないとしたら、放っておくのももったいない」

「ひどいわ」言いようのない悔しさに息が詰まり、憤怒の涙がほとばしる。それでもすべてを知り尽くした男の愛撫に体の炎は否応なしに燃えさかった。

デインはレースのブラを押しのけて頭を沈め、色づいた蕾を指と唇でとらえた。意思とは裏腹にクレアの体に情熱の嵐が吹きすさび、渇望と憧れ、そして捨てばちな大胆さが、すでに撤退を始めた理性にさらなる攻撃をかけてくる。ほどなく争う気力が失せ、体は強烈な欲望の波にさらわれていった。

嵐のただなかにいるのはデインと体の奥に燃えさかる炎だけだ。クレアはついに声をあげ、言葉にならない言葉をうわごとのようにささやき始めた。デインは抑制の衣をはぎ取ったクレアを勝ち誇ったように見下ろし、さらに高ぶる欲望に強靱な体をかすかに震わせた。彼はつかの間ためらったが、魅惑的なブルーの瞳に白熱の閃光をひらめかせた瞬間、クレアのなかに入った。どんな痛みも炸裂する無上の歓喜をそこなうことはなく、クレアは体が粉々に砕け散るような恍惚感に我を忘れた。

そのあと、クレアはまるで罪人のようにキルトの下に身を縮めた。過ちを犯したというのに意識はまだぼんやりと波間に揺れ、知性も自尊心も道徳も忘れてのめり込んだ奔放な場面が何度も脳裏によみがえってくる。

クレアはデインがシャワーを浴びる音を聞いていた。水音が止まる。今度は服を着る音が聞こえるはず……。だが彼はいつの間にか寝室に戻り、クレアの背筋を指先でなぞった。

「死んだふりかい？　それともぼくを待ちわびていたの？　悪いけど、いまは性欲より食欲のほうが旺盛でね。きみも機嫌が直ったら居間に来るといい」

「何も食べたくないわ」

「できれば何か華やかな服を着てもらいたいね」デインは何も聞こえなかったかのように言い添えた。「今夜は通夜みたいな食事になりそうだから」

クレアはすすり泣きに身を震わせ、ほてった顔を枕に埋めた。だれよりもデインを信頼していたのに……。そう、少女のころからずっと彼を信頼し、尊敬してきた。大人になってからも、潜在意識のどこかで彼は常に〝憧れの王子さま〟として心のなかに君臨していた。

デインもそうだろうが、クレアにも結婚したという実感はなかった。便宜上の夫婦にすぎないのに、彼は心のなかにずかずかと入り込んできて、あげくの果てに私を丸裸にして放り出した。どうしてこんなことになったのだろう？　熱に浮かされて見た夢から覚めたように、クレアは過ぎ去った時間を惨めな思いで振り返った。マックスを愛しているはずなのに、なぜあれほど燃え上がったのかわからない。マックスは純朴で昔気質だ。一方デインは氷河のように美しく、触れれば火傷をしかねない危険な情熱を秘めている。

クレアは横たわったまま、自分がデインの腕のなかでどんな姿をさらしてしまったかを思い出してうろたえた。弁解の余地はない。誘惑されたとしても、マックスを愛しているのであれば、それは言い訳にはならない。彼を裏切りたくないと本気で思うなら、たとえレイプされても身じろぎひとつせずその場に凍りついていただろう。ところが私はデインを求めた。ついには自分の欲望を満たすことしか考えられなくなるまで激しく彼を求めた。

どんなにつらくても、このことはマックスに伝えなければならない。クレアはこれまで正直に生きてきた。誘惑されたことなど一度もなかったのに、イヴが蛇に陥れられたように、一見なんの危険もなさそうな罠にはまってしまい、これからどうすべきかを考えるゆとりさえなかった。

クレアはシャワーの下に立ち、自分を罰するようにごしごしと肌をこすった。こんなふうに記憶まで洗い流すことができたら、もっと気楽にデインと顔を合わせられるだろうに……。でも、もう荷物をまとめる気にはなれない。もしまた見つかって引き戻されたらと思うと身がすくんだ。

寝室のドアのところでクレアははっとして立ち止まり、タオルをしっかり体に巻きつけた。同時に、高価な毛皮のコートを着た背の高い女性が振り返り、驚きに目を見張った。

「まあ」見知らぬ女性は一歩前に踏み出した。「デインったら、こんなおちびさんのどこが気に入ったのかしら」女性はマスカラを塗り重ねたまつげ越しにクレアを眺めまわした。「妊娠しちゃったの？　そうでなけりゃ、彼がそうやすやすとつかまるとは思えないもの。でも一概には言えないわね。彼、まったく何を考えているかわからない人だから。いずれにしても、今日のデインは新婚ほやほやの花婿ってムードじゃなかったけれど」

一方的にまくし立てられ、クレアはまともに息もつけなかった。「出ていってください」

「私が好奇心の塊になったとしても当然じゃない？」女性は冷ややかに応じ、ピンヒールを軸にくるっと回転した。「ところで私はゼルダ、ゼルダ・カーロッティ。主人のマット・カーロッティはデインのいとこなの」

5

居間では、デインが不自然なほど黒々とした髪の、がっしりした中年男性に飲み物を渡しているところだった。キッチンに舌を研ぎにでも行ったのか、ゼルダの姿はない。クレアに気づき、デインは美しい動物のようなしなやかさで近づいてきた。「笑顔くらい見せたら?」

「あの無遠慮な女性を追い返してくれたらそうするわ」クレアは彼の目を見ずにささやいた。

「ぼくはゼルダが好きだけど?」

「そうでしょうね」

「人前でずいぶんはっきりものを言うね」デインは小声でからかった。「マットを紹介しよう。彼の奥さんのゼルダはゴシップ・コラムニストと親しくて、それでぼくたちの結婚のニュースをいち早くキャッチしたらしい」

すでに何杯か酒が入っているらしく、マットはことさら陽気に笑った。「それで、ゼルダはきみの花嫁をずたずたに引き裂こうと一目散に駆けつけてきたってわけだ。それとも、親友のウィルマでさえつかんでいない極秘情報をほじくり返すつもりかもしれないよ。身内の一大事を部外者から聞くはめに陥ったので悔しくてたまらないんだろう」マットはまたもや大声で笑った。「ぼくたちを追っ払わないのかい、デイン？　式を挙げたばかりにしては陰気な雰囲気だが、ぼくたちが参加すればもっと悲惨なことになると思うがね」

クレアを革張りのソファに座らせて飲み物を渡すと、デインはマットと一緒にジャマイカの話をしながら部屋の向こうに遠ざかった。

淡い色調のカーペットが敷きつめられた居間はそっけないほど現代的で、全体のカラープランはところどころに置かれた高価な家具を見事に引き立てている。クレアはシェリーを飲むふりをして顔を上げた。そのとき、何かを探るように目を細めてこちらを見つめるデインと視線が合った。

何を期待しているのだろう？　人前もはばからないヒステリックなののしり合い？　デインは巧みに、残酷に罰を下した。私の体の弱みを暴き、プライドを傷つけた。復讐(ふくしゅう)を果たしたと満足しているのだろうか？　それとも、自制心を失って最後の一線を越えたことを悔やんでいる？

デインが女としてのクレアを求めたはずもなく、その事実はいっそう彼女を惨めにした。彼はすぐに私を忘れることができる。私がどんなに動揺していても普段どおり冷静だ。二人の関係は醜くゆがめられ、もはや対等の人間として向き合うことはできなくなっていた。

「トンプソンったら、持ち馬がダービーで優勝でもしたみたいににやにやしてるの」ゼルダがピンヒールの音を響かせて居間に入ってきた。「もう夕食ですってよ。まだ六時半だっていうのに」

「夜が待ちきれないんだろう」

「よしてよ、マット」ゼルダは夫の下品なジョークをはねつけた。「こんな大ニュース、なぜ内緒にしていたの、デイン？　それに、なぜ彼女は……。だって、あんまり幸せそうには見えないわ。あなたのことだから、彼女が有頂天になると期待してたんでしょうに」

「ぼくのほうは有頂天だけどね」デインが平然と言い返した。「夕食が早いのは昼食を抜かしたから。それから、〝彼女〟にもちゃんと名前があるんだ。ほかに質問は？」

「山ほど」ゼルダは椅子に座って形のいい脚を組んだ。きつい目元がチャーミングな笑顔を嘘っぽく見せている。「あなたたち、どこで知り合ったの？」

「ヨークシャー」デインはゼルダに飲み物を注ぎながら感じよく応じた。「当時クレアは十歳で、おさげ髪の、ちょっと口ごもる癖のある女の子だった」

「あなたがロリータ・コンプレックスだったとはね。ヨークシャーのどこなの？　きっかけは？　まさか……」ゼルダはふと眉を寄せた。「あの強欲なアダム・フレッチャーの孫の……あのクレア？　それじゃ、いとこ同士ってことじゃない？」

「私、養女でしたから」クレアは唇を固く引き結んだ。「彼と血のつながりはないんです」

そのときトンプソンが食事の用意ができたことを告げ、全員がダイニングルームに移動した。

「そう、彼女が十歳のときに出会ったのね」ゼルダはテーブルに着くなり話を続けた。

「それがなぜ急に結婚ってことになったの？　ほんの三日前まではほかの……」彼女は突然小さな悲鳴をあげた。

「猫に舌を取られたのかい、ハニー？」テーブルの下で何をしたにせよ、マットは優しげな作り笑いを浮かべて妻を見やった。だがすでに手遅れで、クレアはゼルダの台詞を最後まで聞き取っていた。〝ほんの三日前まではほかの女性と寝ていたのに……〟

「何年か前にアダムとやり合って、それ以来ぼくはランベリー・ホールから追放されたんだ」デインは冷ややかにゼルダを見つめた。

「結納金でもちらつかせたら、あのがめつい老人は赤い絨毯を敷いてあなたを歓迎したでしょうに。でも、あなたのほうがうわ手だったみたいね」

「ぼくが財産目当てで結婚したと思っているのかい？」デインは笑った。「それは見当違いだ。だが、はっきり言って、ゼルダ、ぼくがだれと結婚しようがきみとはまったく関係ない」

一瞬氷のように冷たい沈黙が流れ、クレアはゼルダの黒い瞳に浮かぶ苦しみと憤りから目をそむけた。

料理は申し分なかった。トンプソンだけが結婚を祝う気になっているようで、普段は無表情な口元をときおり笑みらしき形にゆがめ、全員にシャンパンを注いでまわった。ゼルダは有名人の名をひけらかしたり高級リゾートを数え上げたりして、まるで壊れた蛇口みたいにひっきりなしにしゃべりまくり、クレアが旅行したことがないと言うと大仰に驚いてみせた。

デインはクレアとのあいだに存在する緊張を客に気取らせるような態度はとらなかった。奇妙なことに、彼は平気でクレアを傷つけるくせに、ほかのだれかが同じことをするのを許そうとはしない。

「そろそろ失礼しましょうか」コーヒーを飲み終えるとゼルダは唐突に立ち上がった。「クレア、あなたの部屋にコートを置いてきたの」

ゼルダはゆっくりと毛皮のコートを取り上げた。

「謝るべきかもしれないけれど、彼が結婚したと聞いてすごくショックだったものだから。デインの紹介でマットと知り合う前、私、彼と関係があったの」けんかでも吹っかけるようにゼルダはぶちまけた。「でも妬いてなんかいないわよ。だってデインはあなたを愛していないもの。彼は一人の女性に忠誠を尽くすタイプじゃないから、あなたもこれから苦労するわ。ひとつだけ忠告してあげる。彼に嫌われたくなかったらしつこくしないこと。

わかった?」ゼルダはコートの襟を立て、冷たく笑った。「感謝してね。尋ねにくいことをきく手間を省いてあげたんだから」

「あの人たち、結婚してどのくらいになるの?」二人を見送ったあと、クレアはデインに尋ねた。

「十年くらいかな。あの二人を見ていると結婚は必ずしも人を幸福にしないってことがよくわかるね。ぼくたちとは関係のない話だが」デインは面倒くさそうに言った。「何が言いたいんだ、クレア?　これからぼくたちがどうなるかってききたいのか?　いまのままさ。別れたくなったらこっちから言う。それまではここにいるんだ」

「そんな生活、耐えられないわ」

「船はもう岸壁を離れたんだ。そもそもこの結婚を提案したのはきみで、ぼくじゃない。そっちが気に入ろうが気に入るまいが、ぼくにはどうでもいいことだ」デインは残酷に言い放った。「自分でも認めているように、きみはもう子どもじゃない。だが大人になったきみより、子どものころのきみのほうがずっと好きだったよ」

ひと言ひと言がナイフのように胸に突き刺さり、彼の非情さがわかるにつれ、クレアの心に恐ろしい空洞が広がっていった。

「ちょっと出かけてくる」デインは去りかけて立ち止まった。「トンプソンにきみの荷物をぼくの部屋に運ぶように言っておいた。これからは夫婦の寝室で寝ることになる」

「お断りよ！」

「きみの意見をきく気はない。帰ったときにきみがほかの部屋で寝ていたら、たたき起こすからね。真夜中にみっともない騒ぎを起こしたら、きみの威厳は地に落ちるだろう」

「あなたって……最低」クレアは精いっぱいの悪態をついた。

「ぼくがきみの夢見ていたような男じゃなかったからといって、謝るつもりはないよ」

デインが私を見るように、なんの感情もなしに彼を見ることができたらどんなにいいだろう。でも何も感じないことなどできないし、初めての愛の行為は私の内部に分析不能な、しかし黙殺できない強烈な刻印を残した。彼に対してなんの権利もないといくら自分に言い聞かせても、女の本能が、デインがどこに、だれに会いに行ったのか、よりにもよってなぜ今夜外出して私を辱めなければならないのかという疑念が、抑えようもなくこみ上げてくる。

さっき、ゼルダがデインの結婚に示した強い嫌悪を思い出し、クレアはぞっとした。十年以上も前に別れたはずなのに、ゼルダはまだデインへの思いを胸にくすぶらせているようだ。かつてゼルダがどれほどデインに夢中だったとしても、彼のほうはそのことに気づいてさえいなかったのかもしれない。それとも、気づいていながらどうでもいいと思っていたのだろうか？　デインは飽きっぽくて、一人の女性に誠意を尽くすことができない。いつまでこの結婚を続ける気だろう？　一週間？　それとも二週間？　いずれにしても、彼は遠からず私にうんざりする。でもこれは普通の情事ではなく、復讐なのだ。彼はまんまとしてやられたと思い込み、好きでもない私をここに引き止め、彼にとってはなんの意味もない体の征服によって復讐を果たした。

皮肉にも、デインは私にいいことをしたと思っている。言葉ではっきりそう言ったように、私がいまだに彼に夢中だと信じているのだ。ひと波瀾（はらん）あったあと冷静になり、彼は一番納得しやすい理由を選択した。デインは私が財産目当てに偽装結婚をもくろむような人間ではないことをよく知っている。十代のころ私が彼に恋していたのは事実だし、ほかの多くの女性が彼の足元にひれ伏した。そうであるなら、抑圧され、世間を知らないまま二十三歳になった私が、いまなお彼を慕うあまり結婚を画策したという結論を導き出したとしても不思議ではない。ベッドであれほど燃えた私を見て、彼はいっそうその思いを強くしたことだろう。多少なりとも残っていたプライドさえ粉々に打ち砕かれ、クレアは燃える頬に冷たい手を押し当てた。

確かにデインへの思慕を断ち切るのは容易ではなかった。だが、ランベリー・ホールで社会から隔絶され、夢を託す対象もない生活を強いられてきたことを思えば、それも当然ではないだろうか。

プライドと常識を総動員し、クレアは長い時間をかけてデインへの思慕を胸の奥底に閉じ込めた。でも彼は三年間ランベリー・ホールを訪れることはなかったから、私がいまだに昔の感情を引きずっているのだろう。話しかければ赤面し、訪ねるたびに玄関から飛び出してきた、男性に免疫のない哀れな少女といまの私とを混同しているのだ。いつも親切にしてくれたのも、私に同情を覚えたからだろう。

トンプソンがせかせかと部屋を歩きまわり、ベッドから寝具をはぎ取っている。彼はドアのところに立つクレアにほほ笑みかけた。「ほかにあちらの部屋に運ぶものがございますか？」

屠殺場に引かれてゆく子羊のように、クレアは廊下の端にあるデインの部屋に向かった。ベッドの上には高価なナイトドレスが何かを物語るように広げられている。衣装戸棚を開けてみて、明らかに自分のものではない色とりどりのドレスを見つけてクレアは凍りついた。唇をかみ、扉をぴしゃりと閉める。つい最近まで、ここに女性がいたという何よりの証拠だ。手切れ金をつかみ取り、服を忘れてゆくほど大慌てで出ていったに違いない。鏡に囲まれたバスルームにはジャグジーが備えつけられ、棚にはクレアの歯ブラシが置かれている。明かりを消し、クレアはベッドにもぐり込んだ。

体がゆらゆら揺れる。ウォーターベッド……いかにもデインらしい。釘だらけのベッドでは楽しめないというわけね。閉じたまつげのあいだに涙がにじむ。いまさら後悔してもはじまらないが、マックスは無垢な私をめとるはずだった。それなのに……。事実を知ったら彼は傷つき、腹を立て、遠ざかってゆくに違いない。

なんとか仕事を見つけてデインに借りたお金を返し、自立するほか道はない。そうすればこれ以上侮辱されることも嘲(あざけ)られることもなくなるだろう。

「トンプソンががっかりするよ」ほとんど料理に手をつけないまま皿を押しやったクレアにデインが言った。

クレアは頑固にローズウッドのテーブルを見つめている。真夜中過ぎにぶらっと戻ってきたデインにいきなりたたき起こされたのでは、食欲がなくて当然だ。「あなたを絶対に許さないわ」クレアは低い声でつぶやいた。「生きているかぎり、あなたのしたことを許さない」

椅子の背にもたれたデインは、睡眠不足とは思えないほど溌剌(はつらつ)としている。「見かけは素直でおとなしそうだが、案外気性が激しいんだね。気に入ったよ。コーヒーを前に、いまにも泣き出しそうな顔さえしなければもっといい。朝食をともにする相手は、のべつまくなしにしゃべりまくる女性より、寡黙なタイプがいいと思ったこともあるが……」

「やめて！」かつてこのテーブルを彩った華やかな女性たちのことを思うと胸が痛む。

「レイプしたわけじゃない」デインは皮肉っぽく眉を上げ、クレアは映画のきわどいシーンのようなゆうべの出来事を思い出して頬を染めた。一方的にレイプされたのであれば被害者ぶることもできるけれど、自分から彼を求めたとなると……。恥ずかしさに身が縮む思いだ。

「そういう格好は好きじゃないな」デインは静かに言った。「王子さまと結ばれたシンデレラはジーンズなんかはいていなかった」

「シンデレラがあなたみたいな王子さまと結ばれていたらきっと首をつってるわ」

デインのかすれた笑い声が広いダイニングルームに響き渡った。

「私の服装があなたの趣味に合わないからって、謝るつもりはないわ」

「そのうちに合うようになるさ。昨日はいろいろあって見せる暇がなかったが、実は内緒で何着かドレスを買っておいたんだ。きみをびっくりさせようと思ってね」

「私に?」クレアは唖然として顔を上げた。寝室にあったカラフルなドレスはだれかの置き土産じゃなかったということ?「ドレスなんか欲しくないわ」

深いブルーの瞳に冷たい決意がきらっと光る。クレアは、ただ何かをするためだけにコーヒーに砂糖を入れてかき混ぜた。デインは拒絶されることに慣れていない。でも彼がどんなに怒り狂おうがかまわなかった。それに、ゆうべひと晩だれと一緒だったのか、詮索するつもりもない。ただ、女はトランクいっぱいのドレスで機嫌を直すと信じ込んでいる彼の無神経が腹立たしかった。

「ぼくの妻であるかぎりそれなりに装ってもらう。ぼくは女らしい服装が好きなんだ」

クレアの内部で何かがぷつんと切れた。朝のテーブルで、一本の木切れのように冷ややかに彼をあしらうつもりでいた。でも、たとえ一本の木切れでも、ここまで押しつけがましい態度に出られたら冷静ではいられない。クレアはぐいと後ろに椅子を引いて立ち上がった。「だったらほかの女優を探したら？　私は適役じゃないわ」

「ゆうべのあれが演技だったというならエミー賞ものだ」デインも椅子を立ち、出てゆこうとしたクレアの腰をつかんで引き止めた。

「放して！」

答える代わりにデインは唇に唇を重ねた。抑制のきかない、とてつもなく強烈な歓喜の波がクレアの体をとろかしてゆく。デインは両手のあいだに小さな顔をはさみ、ついに華奢な体が耐えきれずに震え出すまで貪欲に唇をむさぼった。そして片方の手をゆっくり下に滑らせてゆき、腰の丸みを固く引き締まった太股に引き寄せた。「きみが欲しい」いっそう深みを増したブルーの目を上げ、彼は荒い息とともにささやいた。「ぼくに望まれるなんてラッキーなのに、なぜ自然な感情に逆らう？」

「これはただのセックスだわ」クレアは辛辣に言い返し、デインがひるんだすきに腕を押しのけて寝室に駆け戻った。震えはなかなか止まらない。なぜ彼の腕の中で凍りついていられないのだろう？　彼の愛撫に何も感じないことを証明できたら、このゲームは終わるだろうに……。

「セックスはそんなに悪いことかい？」振り返ると、優雅に落ち着き払ったデインが立っていた。「きみの言い方じゃ、セックスは忌まわしい疫病か何かのようだ」

いま触れられたらデインの意のままになってしまうだろう。ゆうべ彼はそのことをはっきりさせた。でも、もしそうなったら私の心は死ぬほどさいなまれる。デインは私が欲しいと言った。いまこの瞬間、彼は私を求めているが、それはただの空腹のようなものだ。満たされれば、すぐに忘れ去られる本能の欲求にすぎない。

「クレア」彼はかすれた声でなだめるように呼びかけた。「きみ、少し過剰反応しているんじゃない？」

なんて偉そうな言い方！　まるで他人事のように……。これがほんの数時間前、抵抗などものともせずに熱く激しく私を抱いた男性とは思えない。そのとき再びデインの腕が腰にからみつき、クレアはびくっと身を硬くした。「やめて……」

頭の上でくすっと笑う声がする。「謝らなきゃいけないかな？　ぼくはきみにとって苦痛の種らしいね。でも、ぼくは自分さえよければいいと思ってはいない。きみはまだ体の快楽に戸惑いを覚えているようだから、ぼくと同じように楽しめるようになるまで辛抱しよう」

髪の生えぎわまで赤くなり、クレアは満身の力を込めてデインを押しやった。「あなたを軽蔑（けいべつ）するわ」だが、ほんとうに軽蔑すべきなのは自分自身であることをクレアは知っていた。デインはだれに忠誠を誓ったわけでもない。ただ差し出されたと思うものを受け取り、パリで前払いしたものを取り戻そうとしているだけだ。けれど私のほうは自分のしていることにもっともらしい言い訳を思いつくことさえできずにいる。

「ぼくがきみに飽きるころ、きみのほうは夜も眠れずにベッドでぼくを待ち焦がれるようになる。別れるときは、きみの幻想をぶちこわした代償として慰謝料を払うよ」

「利用された代償？　女性に与えるものがセックスしかないなんて、恥ずかしくないの？」クレアは最大限の侮蔑を込めて言い返した。「あなたという人を丸ごと愛する女性を求めたことはないの？」

「きみみたいな？」

「あいにく私はマックスを愛しているの」嘘をついているつもりはないが、なぜかデインの目を見ることができなかった。愛とは一人の人にすべてを捧げるきわめて排他的な感情であり、ほかのだれか――それがデインであるならなおのこと――の愛撫に我を忘れるなど許されるはずはない。マックスを愛していると主張する一方で、デインとベッドをともにした私に他人を蔑む権利があるだろうか。

「それで、身も心もマックスのものだと言いたいのかい？」デインはクレアの肩をつかみ、くるっと自分の方に向かせた。「ぼくなんか愛していない？　いいとも、クレア、きみの愛が欲しいとは思わない。だが、ここに敷いてある絨毯やシーツ同様、きみはぼくに買われたんだ。だからこっちが飽きるまではここにいてもらう」

「デイン、お願い、私を行かせて」

「パリには行きたくないだろうね？　ぼくは二、三日あっちに行こうと思うんだが」

「あなたとはどこにも行きたくないわ」

「寝室はどこにあろうと大差ないと思うけど？」

「私、出ていくわ」

「そうはいかない。正確な行く先を告げずにここから一歩でも出られると思ったら大間違いだ」

「そう？　だったら私にもあなたの行く先を知る権利があるの？」思わぬ反撃に、デインはあっけにとられてクレアを見つめていた。「心配しないで。そんな権利を主張する気はないから」

デインはクレアのこわばった肩に手を置いた。「しばらく一人にしてあげよう。ぼくはオフィスに顔を出してくる。あとで帰ったら……」彼はわざとらしく声をひそめた。「何か女らしいドレスを着て出迎えてほしい」

クレアは真っ赤になって彼から身を振りほどいた。「あなたを喜ばせるために娼婦みたいな格好をするつもりはないわ」

「娼婦に関するきみのイメージとぼくのイメージが同じとは思えない」デインは嘲笑した。「いつもこんなふうに言い合っているんじゃつまらないだろう」

「だったら楽しめるところに行ったら？　もしそうしたいなら……」

デインはしまいまで言わせなかった。「本気でそう言っているのか？」

もし私に説明させてくれたら、もし私を信じてくれたら、こんなことにはならなかったはずだわ。クレアはそう叫びたい気持をこらえた。でも、アダムがなぜあんな遺書を書いたのか私にも理解できないのだから、デインに説明のしようもない。

「あなたに買われたわけじゃないわ」クレアは挑むように言った。「それに、あなたは私の所有物でもない。だから好きな人と寝ていいのよ、デイン。私はちっともかまわないわ」

深いブルーの瞳が憤怒にきらめき、クレアは一瞬殴られるのではないかと感じて立ちすくんだ。だが怒りは表れたときと同じくらい素早くかき消え、彼は硬い笑みを浮かべてクレアを見下ろした。「白状すると、ぼく自身、結婚イコールすべての権利の放棄とは思っていない」

「こんなのは結婚じゃないわ」彼女はかみつくように言った。「私は結婚している気がしないし、あなただってそうでしょう？　でなければ私をセックスの道具として利用しようなんて考えないはずだわ」

玄関のドアが閉まると同時に、クレアの頬に涙があふれた。デインがこれほど辛辣になった理由はわからないでもない。私が笑顔で彼をだまし、結婚という罠に陥れたと単純に思い込んでいるのだ。もし私がうっとりするほどの美人だったら、あるいは抵抗できない魅力の持ち主だったら、話は違っていただろう。でも私は美人でもなく、しゃれた会話ができる才女でもない……。クレアはポケットからハンカチを出してはなをかみ、小さな嗚咽をもらした。

マックスとのことをはっきりさせないかぎり、心の平和は得られそうもない。彼はもう家に帰っているだろうか？　まだ新聞を読んでいなければいいけれど……。少なくとも、結婚に至ったいきさつを私の口から説明する義務がある。マックスには何も隠さず、すべての真実を話すべきだろう――〝マックス、あなたを愛しているわ。でもデインに触れられると自分を抑えられなくなるの……〟と？　そんな場面を思い描き、クレアは縮み上がった。

すべてを照らし出す容赦ない日差しを浴びて、建物はこの前より薄汚れて見えた。通りでは子どもたちがはしゃぎまわり、乳母車を押す母親や買い物袋を抱えている女性が慌ただしく通り過ぎてゆく。暴漢に襲われた広場を見ないようにして、クレアは高層ビルの古いエレベーターに向かった。

「あら、またあなたなの？」ノックに応えてドアを開けたのは、この前のぽっちゃりしたブロンド女性だった。

一瞬部屋を間違えたかと思い、クレアは口ごもった。「マックスの……つまり、彼の部屋だと……」

「あらあら、あなたか私のどちらかが邪魔者ってわけ？」彼女は乱れたブロンドの髪をさっとかき上げ、背後に呼びかけた。「マックス、お客さんよ！」

丈の短い透け透けのネグリジェを着ているところを見ると、いままでベッドにいたらしい。クレアは思わず息をのんだ。「あなた、マックスの……妹さん？」

いくらか年上らしいその女性は頭をのけぞらせて笑った。「面白いことを言うじゃない」

その後ろから懐かしい顔がのぞいた。「スー、客ってだれ？」マックスは不機嫌な声できき、クレアに気づいて眉をひそめた。「クレア？　まさか……ここで何をしているんだ？」

スーと呼ばれた女性は満足そうに笑い、「あとは任せたわよ、ダーリン」と言いおいて部屋の奥に消えた。

「参ったな」最初のショックから立ち直ると、マックスはばつが悪そうにあちこち視線を泳がせた。「なんと言えばいいのか……」

「代わりに、あなたのお友だちが話してくれたわ」クレアは低く、張りつめた声でつぶやいた。耳鳴りがし、頭がくらくらして何も考えられない。「スーとお幸せにね……。でもマックス、ほかに好きな人がいると、手紙か何かで知らせてくれればよかったのに……」

それだけ言うのがやっとだった。

時の流れが記憶を曇らせたのか、マックスはまるで別人のように見える。ハイヒールをはくと彼と目の高さが合うのだが、いま、彼は言葉もなくうなだれて視線を合わせようともしない。

「ぼくは自由だ」マックスはいきなり居丈高に反撃してきた。「きみにはわからないだろうが、男と女は違うんだ。それに、ぼくたちは結婚したわけじゃない。どうすればよかった？　あと二十年もきみを待ち続けろというのか？　クレア！　クレア！」

自分の名を呼ぶ声を背中に聞きながら、クレアはすでにエレベーターに向かっていた。頬は涙に濡れているが、表情は冷たく凍りついたままだ。祖父の看病をしながら夢見てきたすべてが幻となった。マックスはいつから家族と離れて暮らすようになったのだろう？　それとも、スーとの居心地のいい関係を邪魔されたくないので実家に身を寄せていると嘘をついたのだろうか？　皮肉にも、スーは彼がいつもけなしていた色気たっぷりのがさつなタイプの女性だった。

マックスという人をこれほど見誤っていたとは……。強いと思っていた彼は気の弱い偽善者で、誠実無比と思っていたのに大嘘つきだった。デインは、そしてアダム・フレッチャーも、間違っていなかった。マックスはたぶん、ランベリー・ホールの相続人の一人である私に求婚したのだ。だからこそ、ここでほかの女性と暮らす一方でランベリー・ホールにせっせと手紙をよこしたというわけだ。

まさかマックスが……。これがデインならそれほど驚かなかっただろう。クレアは薄暗い建物から明るい通りに出た。人間とはわからないものだ。もしかしたら彼が正体を現す前に結婚していたかもしれない……。そう思うとクレアはおぞましさに体が震えた。

デインはいずれマックスが実在の人物であることを認めるだろうが、同時に私が彼にだまされていた事実を知ることになる。デインに嘲笑されるくらいなら、割れたガラスの上を這いずりまわるほうがまだましだ。ましてや哀れみを受けるなんて……。失業中の平凡な男、マックスでさえ私よりおいしい魚を釣り上げたのだ。引き裂かれたプライドにちりちりと胸がうずく。

ペントハウスに帰り着くと、クレアは無性にだれかの声が聞きたくなり、書き留めておいたランディの電話番号を押した。「クレア？　あなたから電話をもらうなんて思ってもみなかったわ。ひどい二日酔いで頭がぼうっとしているときに朝刊を広げて、あなたとデイン・ヴィスコンティが結婚したという記事を読んだとき、ほんとにびっくりしたのよ。あなたったら、なんにも言わないんだから！」ランディは文句をつけた。「ずいぶん会ってないのは事実だけど、それにしても水くさいじゃない、クレア。あなたはマックスとかいう無骨な男と恋愛中だとばかり思っていたのに、いつの間に……」

ランディがいったん話し出すと口をはさむ間さえなくなるということをクレアは忘れて

いた。「いつか事情を説明するわ」

「いまどこにいるの？　いやにはっきり声が聞こえるけど、外国にいるんじゃないの？」

クレアはそのとき、ランディにこの驚くべき結婚の裏話を告白するわけにはいかないことに気がついた。デインが友人にさえ内緒にしているのであれば、私がランディに秘密をもらす権利はない。「まだロンドンにいるの。ただ急にあなたの声を聞きたくなったものだから。仕事はうまくいっている？　海外からもらうはがきを読むかぎり、絶好調って感じだけど？」

「信じられない。どうしてそんなに冷静でいられるの？　私の知るかぎり世界一ハンサムでセクシーな男性と結婚しておいて、仕事の話でもないでしょう？　あら、ベルが鳴ったわ。これからデートなのよ。今度あなたから電話をもらうのは何年後かしら？」

「近いうちにまたかけるわ」クレアは友人の返事を待たずに電話を切った。

やれやれ。もしまただれかにデインと結婚できて運がよかったなどと言われたら、頭がおかしくなってしまう。クレアはそれからしばらくぼんやりと部屋のなかを歩きまわっていた。そして、ふとこのまま何もせずに過ごすわけにはいかないと思い立ち、キッチンにいるトンプソンに夕食までには戻ると声をかけてフラットを出た。

6

「仕事を探したいという熱意はわかりますけど、ミス・フレッチャー」年配の婦人は残念そうにほほ笑んだ。これまで訪ねた二軒の職業紹介所の係員よりは親切そうだ。「資格がないと、そう簡単には見つからないでしょうね。簡単な事務職でさえ、高校入学資格試験はパスしていないとむずかしいんですよ」婦人はため息をつき、やんわりとクレアの期待を打ち砕いた。

フラットに返ると、だんなさまは夕食には戻られないそうですとトンプソンが淡々と報告した。「会議があるとかで……」と付け加えたが、それはデインからの伝言というより、トンプソン自身の思いつきであるらしかった。

考えたくはなかったが、思いはおのずとマックスに戻ってゆく。私は自分で信じていたほど彼を愛してはいなかったのだろうか？　それとも、マックスへの嫌悪と蔑(さげす)みが本来の感情を押し流してしまったのだろうか？　もちろん腹立たしくて悔しいし、傷つきもした。だが、それほど強烈な痛みは感じない。明らかに、離れていた月日が双方の感情を変化させたようだ。私は以前より強くなり、人を見る目も辛辣になった。マックスの裏切りは人生のさらなる試練になりはしたが、混乱のなかにも、どこかほっとした気持があるのは否定できなかった。私がマックスを傷つけたわけではない。これからは彼に誠実ではなかったという良心の呵責に苦しまずにすむのだ。

クレアは早めにベッドに入ったが、夜がふけるにつれ、デインはまた朝帰りだろうという確信に近い思いに苦しめられてなかなか寝つけなかった。なぜか、ほかの女性と愛し合うデインを想像するだけで心が張り裂けそうになる。それは、たぶんプライドの問題だ。マックスの裏切りに感じた嫌悪感と似た一種の反発なのだろう。玄関のドアが閉まる音が家中に響き渡り、クレアは安心するどころかいっそう緊張をつのらせた。

デインは明かりをつけてウォーターベッドの端に腰を下ろした。その重みでベッドがゆらっと揺れる。「今夜は戻らないと思っていた?」

クレアはまつげを上げてデインをにらんだ。私が〝夫〟を待ちわびて眠れずにいると信じて疑わないうぬぼれが癇にさわる。「あなたがいつ帰ろうが関係ないわ!」

デインは上着を脱ぎ、近くの椅子に無造作に放り投げた。「きみと結婚しているのに、ほかの女性と寝たらおしまいだからね」

クレアは肘をついて身を起こした。「これが結婚と言える?」

デインは立ち上がって服を脱ぎ始めた。引き締まった見事な体があらわになってゆく。

いままで何人の女性がこうしてベッドに横たわり、野性に戻る男のしなやかな動作に見入ったことだろう。

「どうなの？　答えて」目の前の誘惑から気をそらそうと、クレアはあえて挑んだ。

「勘弁してくれよ。今夜は言い争う気分じゃない」デインは面倒くさそうにシャツを落とした。「ぼくに何を言わせたいんだ？　きみの初めての男になれて光栄だとでも？」

「気づいていたの？」

「あとでね。正直言って、そのときはさほど気にも留めなかった」

「あなたらしいわ」

「そもそも、きみが仕組んだことだろう？　この茶番の結果がどう出てたとしても自業自得だ。もちろん、きみがバージンだったのは嬉しいかぎりだし、男として悪い気はしない」デインは残酷なまでに正直に認めた。「だが、もしきみがあれほど激しく燃えなかったら気づかなかっただろうね。拒まれればやめるつもりだったから」彼は二人が共犯関係にあることを暗にほのめかした。「ところで、明日、カリブに出発だ。きみも一緒にね。周囲には仕事を兼ねたハネムーンだと思わせておけばいい。二人で外出もせずに閉じこもっているんじゃ、かえって変に思われるから」

「あなたが周囲を気にしているとは思わなかったわ。いずれにしても私は行きたく……」

「きみが行きたいかどうかは問題じゃない」デインはスリムな体をシーツのあいだに滑り

込ませた。「今日の昼間、どこに出かけていた？」

クレアは不意をつかれて赤くなった。「仕事を探しに行ったの」

デインは驚いたように眉を上げた。「ぼくの妻は仕事なんかしない。ぼくたちは結婚したんだし、別れるまでは夫としての立場を十分利用させてもらうよ。あんなに早くきみを口説き落とせるとは思ってもいなかったが」デインはからかい、あおむけになってクレアを抱き寄せた。体を半分重ねた姿勢で、彼は大きく見開かれたはしばみ色の瞳と薄紅色に染まった頬をじっと見つめた。「ほんとうのことを言うと、きみに夢中でね。だから早く帰ってきたんだ。ほかのだれかで我慢するつもりはない。きみも、たまにはぼくの正直さを見習ったら？」ナイトドレスの肩ひもをほどき、胸に手を差し入れてきた。

「やめて……そんな気になれないわ」

「やめないでと懇願させることもできるんだ。試してみる？　それがきみの本心を知る一番手っ取り早い方法じゃないかな」冷静な微笑にクレアは凍りついた。「この際、マックスのことは言いっこなしだ。ボーイフレンドがいたのは事実だろうが、結婚を考えるくらいの間柄だったらバージンであるはずがない。いまどきの女性がセックスの相性も確かめずに結婚を決めるはずはないからね。ぼくたちの場合、そっちのほうの相性はぴったりだけれど」デインはいきなり体の位置を変え、クレアは彼に組み敷かれる格好になった。薄いレースのナイトドレスの前がはだけ、乳房があらわになる。

「やめて、デイン。これ以上私を苦しめないで」

探るようなブルーのまなざしが一瞬すみれ色を帯びてきらめいた。「ぼくが欲しいと言うんだ。ぼくがきみを欲しがっているのと同じくらい、ぼくが欲しくてたまらないと」

「ほんとうは、あなたが憎い……いいえ、私自身が憎いの」クレアは心の葛藤に身をよじって頭を左右に振った。

彼は羽根のように軽い手つきでナイトドレスを脱がせ、腰の丸みからくびれたウエストを愛撫していった。こんなふうにデインに完全に支配されている自分に耐えられない。白くつややかな肌に熱い唇が押し当てられた瞬間、クレアは小さくうめいて身をそらした。デインが平らなおなかからシルクのようにやわらかな場所へと指を滑らせると、クレアは苦悩と歓喜の狭間でこぶしを握り締めて開き、そしてまた握り締めた。それは不慣れな体を気遣う優しい行為ではなく、性急に欲望を満たすための荒っぽい略奪だった。デインは、ゆっくりと、容赦なく、身を沈めた。クレアは抗議の声をあげながら汗ばんだ背中を探り、ついに絶頂が訪れると、体をのけぞらせてたくましい肩に爪を立てた。

そのあと、デインはまだ震えが止まらないクレアの唇を指先でなぞった。「ぼくがあげられるものはこれだ。欲しくなかったなんて言わせないよ。あんなに燃えたんだから」

クレアはがっしりした肩のくぼみに頬をのせてじっとしていた。デインは知っている。彼のパワーの前に私が完全に無力であることを見抜いている。それがはっきりしたいま、彼が私に飽きて遠ざかってゆくのは時間の問題だろう。間近に寄り添う男のにおいが媚薬(びやく)のように作用して、新たな震えが身を貫いた。そう願ったわけでもないのに、クレアはいつの間にか〝デイン・ヴィスコンティの女〟の一人に成り下がっていた。

　クレアはだれもいない孤独なベッドで目を覚ました。痛いほどの喪失感が襲ってくる。ひそやかに、それとなく、じわじわと、クレアはデインの魔手の虜(とりこ)になりつつあった。セックスでこれほど強い絆(きずな)が生まれるものだろうか？　いまはデインのことしか考えられない。マックスとの破局がさほど苦にならないのもそのせい？　答えの出ない疑問が次から次へと浮かんでくる。クレアは激情家ではなかった。デインに熱を上げていた思春期はとうの昔に過ぎ去ったけれど、もしかしたら、いまなお潜在意識のどこかで彼を追い求めているのかもしれない。なぜなら、たとえ部屋はからっぽでも、デインはいまもここに、ベッドの上に、体のなかに、確かに存在していたから。

　ゆうべクレアは抵抗ひとつしなかった。闘うことすらできないのに、彼と一緒にカリブに行かなければならないなんて……。でもすべての混乱をもたらしたのはこの私なのだから、偽装結婚をもっともらしく見せるためのハネムーンに反対する権利はなかった。

　とはいえクレアにも自尊心があり、デインに人形みたいに扱われるのは耐えがたい苦痛だった。唯一の慰めは、この結婚がひとつだけいい結果をもたらしたということだ。クレアの苦況など露知らず、サムとメイジーは安定した老後を送っている。

いくらこらえようとしても涙がとめどなく流れ、枕を濡らした。食事を運んできたトンプソンが驚いたような声をあげ、そそくさと部屋から出ていったのを、クレアは頭のどこかで意識していた。すぐにデインがやってきたが、クレアはキルトにくるまって彼の問いかけに耳をふさぎ、そのうちに朦朧とした無意識の世界に滑り込んでいった。

ドクター・コールドウェルが処方した鎮静剤のせいか、まぶたがひどく重く感じられる。「かなりストレスがたまっているようですね、ミセス・ヴィスコンティ。長いあいだ、身内の病人を看護され、つい一週間前には強盗に襲われるという災難にも見舞われた。人の体はさまざまな形で常にストレスと闘っていますが、あなたの場合、かなり前から体が発してきた危険信号に気づかなかったんでしょう。結婚は幸せへの門出ですからストレスにはならないとお考えかもしれないが、生活環境の変化もストレスになり得るのです」医師はベッドの足元を行ったり来たりしているデインに笑みを送った。「ご主人にもご理解願って、この際、たっぷり休養なさることですな」

ドクター・コールドウェルを送り出すと、デインはベッドに横たわるクレアを見下ろした。「きみが偽りのハネムーンに行きたがっているとは思わない。でも、ちょっとした休暇と思えば案外楽しめるかもしれないよ」

「ごめんなさい、デイン」

「謝るのはこっちだ」デインはベッドの傍らにひざまずいた。「ぼくがきみを疑い、きみがぼくに挑戦的な態度をとるようになってからすべてがおかしくなり始めた。こんなふうになる前に、経験を積んだ大人のぼくがなんとかすべきだったんだ」

クレアはデインの首に腕を巻きつけたいという強烈な衝動と闘った。彼はすべてを自分のせいにして苦しんでいる。ほんとうはそうではないのに……。「デイン」

「最後まで聞いてほしい。ぼくはきみを傷つけた。結婚に至ったいきさつなど、もうどうでもいいんだ。二度ときみを傷つけないと約束するよ」

不安は消え、クレアはデインの声をぼんやり聞きながら深い眠りに落ちていった。

午後遅く目を覚ましたクレアに、デインは汚れたハンドバッグを差し出した。スラム街の広場で暴漢に奪い取られたあのバッグだ。

「警察から電話があって、これがきみのものかどうか確認してきたんだ。だれかが拾って届けてくれたらしい。金目のものはなくなっているが、幸い写真と手紙は無事だった」

クレアはバッグのなかから泥だらけの封筒とカード入れを取り出した。なかにはフェンスに寄りかかり、屈託なく笑うマックスの写真が入っている。クレアは昔を懐かしむようにほほ笑んだ。マックスがいてくれたからこそ、病人の看護に明け暮れる灰色の日々に耐えられたのかもしれない。そう思うと屈辱的な記憶も薄らいでいった。

「彼とまた連絡を取るんだろうね？　事情を説明したらなんと言うかな。ぼくがきみたちの幸せをぶちこわしてしまったんだろうか？」

　クレアは手紙と写真をバッグに戻し、目を伏せた。デインは私をマックスのもとに返そうとしている。私が精神的にくずおれたことにショックを受け、この偽りの結婚を解消する気になったのだろう。二度と傷つけないと言ったのは、そういう意味に違いない。手元に戻ったハンドバッグがすべての混乱を解決する鍵になった。唐突に、またたく間に、この結婚は終わりを告げてしまうのだ。

「質問に答えてほしい」デインはうながした。

「マックスはわかってくれるわ」クレアは小声でつぶやいた。それがデインの聞きたがっている答えだという確信がある。マックスがほかの女性に心を移し、二人の関係は終わったのだと打ち明けたら、私を突き返す先を失ってデインは困惑するだろう。

「ドミニカに別荘があってね」デインはすぐに話題を変えた。「近々そこをホテルに改装するプランがあるんだが、いまのところはとてものどかな島で、そこを拠点にしてあちこち旅行もできる。ジャマイカから飛行機でひとっ飛びだしね」デインの恐ろしく冷静な口調に傷つき、クレアはいまにも叫び出すところだった。彼の本音を引き出すまで叫び続けたかった。でも、いくらデインでも〝厄介払いできてほっとした〟とまでは言えないだろう。

「一緒に島に行こう。しばらくのんびりして、ストレスとやらを解消するといい」

「見てごらん」デインが手を広げた。クレアは陽光に目を細めてはるか下方の黒い岩肌に落ちかかるトラファルガーの滝を見下ろした。「のぼってきたかいがあっただろう?」

「ええ、ほんとうに」この三週間、まるで別人のように優しくなったデインとドミニカにいるという事実が夢のようで、ときどき自分の頬をつねってみたくなることがあった。がんじがらめで逃げ場のなかったロンドンでの苦悩の日々は、遠い昔のことのように思われる。この島の緑豊かな自然に心なごまない人はいないだろう。そしてデインもまた、これまでのことが信じられないくらいのびやかで心楽しいパートナーに変身していた。

二人はたびたびこうした観光旅行に出かけたが、そのほかのとき、デインは週に三日ほどクレアを残してジャマイカに飛んだ。そんなおり、クレアはハンナとともに白い木造の農場風の別荘で日光浴や読書を楽しんだ。げっそりやせていた体は丸みを帯び、色白な肌も健康そうな輝きを取り戻した。クレアはこの島と古い別荘に夢中になり、観光客より植物学者を魅了する手つかずの自然に心を奪われた。

デインはクレアの麦わら帽子の縁をつまみ上げ、物思わしげな顔をのぞき込んだ。「冷たいものでも飲もうか?　近くにレストランがあるんだ」

ジープを止めたところまで斜面を下ると、クレアは暖かい南国の空気を胸いっぱいに吸い込んだ。「この島のどこにいても温室のにおいがするのね。何もかもがみずみずしくて、さわやかで、家とは大違い」その声にかすかな痛みが響き、クレアは現実を呼び覚ますような言葉を口にした自分を責めた。いずれにしても、このすばらしい休暇にはいつか必ず終わりが来るのだけれど……。

ベッドはもちろん、部屋も別々で、事実上、二人はすでに別居しているようなものだった。ハンナの手前、デインは形だけの妻に軽いキスはしても、それ以外はいっさい手を触れようとしない。つまり、クレアはかつてそうだった〝哀れないとこ〟という役割にきっちり戻されたというわけだ。デインはその切り替えを造作なくやってのけた。二人のあいだにあった親密さは、想像の産物でしかなかったのかもしれないとさえ思えてくるほどだ。

「家って、ランベリー・ホールのこと？」デインが言った。「あそこはもう人手に渡ったんだよ。忘れたのかい？　なぜいまごろ家のことなんか思い出したの？　来週はヨットで島めぐりをするプランを立てているのに」

クレアはほほ笑み、うなずいた。あれ以来マックスが話題にのぼることはなく、さらに嘘を重ねずにすんでほっとしている。デインはたぶん、マックスが両手を広げて私を受け入れることを願っているのだ。私が捨てられたとなると、デインは私の人生に取り返しのつかないダメージを与えたと考えて良心の呵責に苦しむだろう。

デインが罪悪感を覚えているのは確かだ。それはいまわかったことではない。ロンドンで心身の疲労に倒れたとき、クレアは彼の目に深い悔恨を読み取っていた。でもデインの側に不満がないかぎり、ここにとどまろう。彼がそわそわしだしたら、あるいは退屈そうなそぶりを見せ始めたら、潔く決断を下し、休暇を終わらせる覚悟はできている。そしてイギリスに戻り、仕事を探そう。当面しのげるだけのお金はあるとしても、何かのときのために蓄える必要がある。余計な心配をかけたくないので、デインにはマックスのもとに戻ると思い込ませておけばいい。そうすればなんの悶着もなく彼の前から姿を消すことができるだろう。

ジープを降りて涼しげなレストランに入ると、クレアは化粧室に飛び込み、汗ばんだ手に冷たい水をかけた。デインにとって、忘れるのはいとも簡単なことに違いない。これまでにも数えきれない女性とベッドをともにしてきたのだから。でも私にとってデインは初めての男性であり、その記憶はいつまでも心と体に刻み込まれるだろう。

席に着いて注文をすませたとき、カジュアルな白いジーンズにメタリックブルーのシャツを着たデインが地図を片手にフロアを横切ってきた。近くのテーブルに陣取った観光客らしい女性たちの熱い視線が彼を追いかける。

「頼んだものは、まだ来ない?」デインが向かいの椅子に腰を下ろすと、ウェイトレスが猛スピードで冷たい飲み物を運んできた。「今度は熱帯雨林に行ってみよう。都会と違って危険な毒ぐもがいるかもしれないが」彼は椅子の背に寄りかかり、サファイアブルーの瞳をきらめかせて笑った。「でも、ぼくか毒ぐもか、どちらかを選べと言ったら、きみは間違いなく毒ぐもを選ぶだろうね」

デインはすべてをちゃかし、過去に起こったすべてを冗談として片づけようとしている。

「マックスとはふざけたりしないの？　つまり、気を引いたり……」

この三週間、デインはマックスの名前を一度も口にしなかった。なぜいまになって、

……？　でも考えてみれば、マックスのことをあれこれ詮索しないほうが不自然なのかもしれない。「気を引く……？」クレアは質問をはぐらかした。

「いま、きみがはしばみ色の瞳でぼくにしていることだ」デインは挑発的に言い、それからもどかしげに付け加えた。「きみは申し分ない連れだが、ちょっと控えめすぎる。もう少し自己主張したら？」

「たとえば？」

「きみは天気とか着るものとか食事について文句を言ったことがないし、ぼくが遅く帰っても何も言わない。それがかえって気になるんだ。もっと意見を主張していいんだよ」

「そう？　そしてどこに行くか、何をするか、いちいち大げさな議論をして決めるわけ？そういうのが好きなの？」クレアはちくりと皮肉った。

「ぼくはかなり身勝手な男だね」デインは笑いながら認めた。「いままでは思いやる相手がいなかったからだろうけど……。でも、いまはきみがいる」

優しい微笑を向けられて、クレアの心臓はめちゃくちゃなリズムを刻み始めた。

「そろそろ帰ってビーチでのんびりしたくない?」デインはことさら謙虚に提案した。

「もしぼくの意見に異議がなければ……」

二時間後、クレアはパラソルの下に広げたタオルに寝そべっていた。ビキニ姿でうつぶせになり、サンタンローションに手を伸ばすと、デインが先にボトルを取り上げた。

「ぼくが塗ってあげる」彼はのんびりした口調でつぶやくと、巧みな指使いでほてった背中にローションを塗り広げていった。クールな感触に全身がしびれてくる。無造作にブラが外され、大きなてのひらが背中から胸の下のやわらかな肌へと差し入れられた。繰り返される愛撫に反応して乳首が固くなり、身も心もとろけそうになった。気づかれたらどうしよう。これ以上耐えられない。自分のものでありながら自分のものではない体の暴走に戸惑い、クレアは身をよじってブラを留めた。

「すごく暑くて……。ちょっと泳いでくるわ」

「そんなに警戒しなくてもいい。襲ったりはしないよ」デインはブルーの瞳をかげらせた。

立ち上がったクレアの周りでビーチがぐるぐる回転し、よろめいたとたん、額にじわっと冷たい汗が噴き出した。

「大丈夫?」デインは反射的に飛び起きてクレアを支えた。「無理をしすぎたかな。きみが島の暑さに慣れていないってことをつい忘れてしまうんだ」

めまいはすぐにおさまった。暑さは苦にならないから、ただの立ちくらみだろう。デインの心配そうな声にクレアはほっとした。危険な一瞬は過ぎた。ありがたいことに、彼は私の反応を経験不足と内気な性格のせいだと思い込んでいる。ほんとうのことを知ったら――彼のそばにいるだけで恥知らずな欲望に打ち勝てなくなるという事実を知ったら、デインはもっと困惑するだろう。なぜなら彼は過去を帳消しにし、すべてをなかったことにして、かつての〝いとこ同士〟という気楽な関係を取り戻そうとしているのだから。

別荘の石段のところで、デインはのんびりと言った。「今度ジャマイカから戻るとき、友人を連れてこようと思うんだが、かまわないかい？」

クレアは本心を押し隠してほほ笑んだ。とうとうそのときが来た。口では優しいことを言いながら、ほんとうは二人きりでいるのに飽きたのだ。無理もない。表向きは新婚ほやほやの夫婦として振る舞わなければならないのだから、地上の楽園とも言うべきジャマイカで適当に息抜きでもしなければこんな茶番劇は演じていられないというわけだ。

デインは夕食前にジャマイカに発ち、それから四日間帰らなかった。五日目の夕方、アンティークのバスタブから出たとき、隣の寝室からデインの声がした。クレアは慌ててタオルで身を包み、ドアを開けた。「やすんでいるのかと思ったよ」クレアの洗い髪と素足を見てデインはほほ笑んだ。

「早かったのね」ぎこちなくつぶやくとクレアは彼に背を向け、鏡台の前に座った。「お友だちと一緒なの？　どなたかはまだ聞いていないけれど」

「ああ、きみがきかなかったからね」〝常に感じよく〟がモットーのデインの声に嘲笑が響いた。「グラント・カービーと、彼の娘でモデルをしているメイ・リンだ。グラントはホテル経営者で、ジャマイカの開発にかかわっている。メイ・リンは別れた中国系の奥さんとのあいだにできたハーフだよ。とてもおしゃれな娘だから、きみもパーティ風にドレスアップしたほうがいい」彼は突然クレアの背後に近寄り、彼女の手からくしを取ると濡れた髪のもつれを解いた。「なぜ震えているの？　襲ったりしないと約束しただろう？　それとも、一緒に寝室にいるだけで怖い？」

「気のせいよ。震えてなんかいないわ」太陽をたっぷり吸収した健康な男のにおいが鼻に触れ、欲望のうねりに押し流されそうになる。

デインは小さな丸い肩に軽く手を置いて銀のくしを鏡台に戻した。一瞬、クレアは電流に貫かれたようにぴくりとした。濃密な空気が二人を包む。「ぼくが欲しくなったらそう言って」デインは聞き取れないほどの声でささやき、どう応じるべきか戸惑っているクレアの耳元でくすっと笑った。「冗談だよ。じゃ、階下で待っている」

四十分後、クレアは不安げに鏡のなかの自分を点検した。今夜選んだのは琥珀色のベアショルダーのドレスで、薄いシルクが胸のふくらみを美しく包み、さざ波を思わせる自然なプリーツが爪先まで垂れている。ぼくが欲しくなったらそう言って――もし私がほんとうにそう言ったら彼はどうするかしら。こんなことを冗談の種にするなんて、彼にとってのセックスとはそれだけのものなのだろうか。おいしい料理のように、空腹を満たせばそれで終わり。だがクレアにとってロンドンでの経験はあまりにも重く、軽々しく笑い飛ばせるようなものではなかった。

クレオパトラのような漆黒の髪に縁取られたエキゾチックな顔立ち、すらりとした長身を包む深紅のドレス……。メイ・リンをひと目見て、先月の『ヴォーグ』の表紙を飾ったモデルだということがすぐにわかった。「ああ、ホステスがいたんだね」バーコーナーで飲み物を作っていた紳士がクレアに笑顔を向けた。「飲み物は？」

「グアバジュースを」クレアはにっこりと笑みを返した。「私はクレア、デインの……」

「いいのよ、説明なんか。私たち、ものわかりのいい人種なんだから」メイ・リンがカウチに寄りかかってけだるげに口をはさんだ。「デインのいるところ常に女あり、ですもの。パパ、わたしにラムパンチをお願い。おんぼろ飛行機があんまり揺れたんで、まだ頭がくらくらしてるわ。この島にも早くジェット機用の滑走路ができればいいのに」

「ドミニカは初めてですの？」クレアはグラントの差し出すグラスを受け取ろうとカウンターに近づいていった。デインはこの人たちに〝妻〟がいることを話していないようだ。

「いいや、これが二度目だよ」グラントはグラスを渡す前にクレアの腰を抱き、ヒップの丸みに手を滑らせた。「おや、デインの好みにしてはかわいいお嬢さんだ」そう言うとふざけてお尻をぽんとたたいた。

「ぼくの妻に無礼な真似をすると、友人のリストからきみの名を削除するよ」デインがゆったりした足取りで居間に入ってきた。

「妻ですって?」メイ・リンが雷に打たれたように顔を上げた。「いつ結婚したの?」

クレアは頬を染め、グアバジュースのグラスを握り締めた。「一カ月ほど前に」

隠された不可解な謎を解き明かそうとするかのように、メイ・リンはクレアを上から下まで眺めまわした。

「だったら、私たちがアルゼンチンにいたときだ」グラントの大きな顔がほんの少し赤らんでいる。「ずいぶん急だったんだね、デイン?」

「そうとも言えない。クレアが子どものころから知っているんだ」

「そうなの?」メイ・リンは甲高い声で笑った。「何もかも話してちょうだい!」

「デインと仕事の話があるから」グラントが鷹揚に二人の女性を見比べた。「きみたちはファッションや社交界の噂話でも楽しんだらいい」

メイ・リンは口をとがらせ、カウチにのせていた脚を下ろして隣に座るようにとクレアを目顔で誘った。だが、エキゾチックなアーモンド形の瞳は常にデインに注がれ、食事前の会話は当たり障りのない雑談に終始した。

「デインを一人でジャマイカに行かせて、よく平気でいられるわね?」ダイニングルームに向かいながらメイ・リンが言った。「彼ほどかっこよくてセクシーな男はそういないわ。

放っておいて人に取られてもいいの？」

　クレアの胸に小さな疑惑が生まれ、次第に大きくなってゆく。メイ・リンはデインと寝ているのだろうか？　この結婚は紙切れ一枚の契約にすぎないのだから、デインがほかの女性と関係を持ったとしても責めるには当たらない。彼の寝室は家の一番遠い端にあり、その気になればいつでも好きなときに恋人をベッドに誘うこともできるのだ。デインはカービー親子を家に招き、一緒にヨット旅行を楽しむつもりらしい。ばかげた偽装結婚を解消し、かつてのライフスタイルを取り戻す気であることを、それとなく私にわからせようとしているのだろうか？

「何箇所か壁をぶち抜いたらすばらしいホールになると思うね」ロブスターを食べながらグラントが熱心に話し続けている。「きみの土地の樹木を切り払ってプールを作り、海辺には娯楽施設の整ったレジャービルを建てるんだ。どう思う？」

「ぞっとするわ」クレアは思わず本音を口走り、唇をかんだ。「いえ、あなたの構想はすばらしいと思うわ、グラント。でも、この古くて趣のある別荘がジャグジーつきのありきたりなホテルになるなんてたまらないわ」

　急に多弁になったクレアにデインは眉を上げた。「ぼくたちはいまの雰囲気をこわさずに開発を進めたいと思っている。ここは大きな可能性を秘めた金脈にもなり得るんだ」

「金脈が必要なの？」

「何が言いたいんだ?」デインは穏やかながら頑固にたたみかけてくる。

グラントはうんざりしたように頭を振った。「これはご婦人には関係のない話だ」女の浅知恵に耳を貸す必要はないとでも言いたげだ。

「ごめんなさい、余計なことを言ってしまって」クレアは目を伏せた。自分の立場を考えれば、デインの仕事に口出しする権利などあるはずもない。

「なんなら」グラントは子どもに言い聞かせるように続けた。「あなた専用のスイートをひと部屋確保しておけばいい。ナイトスポットひとつない退屈なこの島のどこが気に入ったのか私にはわからないが。とにかく、ここにはろくなホテルがないので前々から開発の必要性が叫ばれていたんですよ」

横顔にデインの刺すような視線を感じながらクレアは黙ってうなずいた。ここでもまたお金が幅をきかせている。デインの世界は何百万ドルという規模のビジネスを中心に回転しており、彼にとって、この美しい別荘も金もうけの材料にすぎないのだ。

食事のあと、メイ・リンはデインにぴったりくっついて彼の一語一句にうっとり聞き入り、グラントはクレアを相手にドミニカの将来性についてまくし立てた。しばらくして目を上げると、デインとメイ・リンがテラスに出てゆき、視界から消えた。クレアは説明のつかない恐怖に駆られて衝動的に立ち上がった。「失礼、グラント。寒くなってきたのでショールを取ってくるわ」

ダイニングルームを横切って板張りのテラスに出ると、クレアのヒールが硬い音をたてた。その瞬間、物陰の二つの影がさっと動いた。クレアは再び部屋に入って壁に寄りかかり、みぞおちを殴られたような痛みにあえいだ。胸の谷間に汗が伝う。

あんなところでキスするなんて！　嫉妬（しっと）のあまり胃がむかむかし、いまにも吐きそうな胸苦しさを覚える。突然目からベールが引きはがされ、クレアははっきりと自らの苦悩を見すえていた。いつから……？　いつからデインに恋してしまったのだろう？　それとも、少女のころからずっとデインを愛しながら、彼を手の届かない存在と決めつけていたために、心にふたをしてきただけなのだろうか？　いまだ衝撃から立ち直れないまま壁から身を起こし、クレアはショールを取りに二階へ上がった。

愚かなプライドのせいで、自分もまたデインの強烈な魅力の犠牲者であることを認めたくなかったのかもしれない。かつて彼に対して冷静でいられる自分を誇らしく思ったものだ。でも事実は、ほかの女性がデインを見て彼に触れると思うだけで耐えがたい苦痛を覚え、彼と二人きりの時間は得がたい宝のように思われた。私はデインを愛している。マックスにさえ、これほどの深い感情を抱いたことはない。

でもデインは私の愛など望んではいなかった。今回の旅行だって、名目は仕事を兼ねたハネムーンであっても、事実は病後の休養以外の何物でもないのだ。

デインとのあいだに友情があればいいと思っていたなんて、どこまで愚かだったのだろう。真実に気づいたからには、これ以上彼のもとにとどまるわけにはいかない。いつ本心を気取られるかも知れず、そんな危険を冒す勇気はクレアにはなかった。事実を知ったらデインは私を哀れむに違いない。身のほど知らずの恋に身を焼く私を気の毒に思い、愛に応えようもない後ろ暗さを旅行や高価なプレゼントで埋め合わせようとするだろう。かわいそうなクレアにせめて楽しいひとときを……。恵まれない子どもに愛の手を……。

ついに屈辱的な関係にピリオドを打つべきときが来た。私のほうから明るく別れを切り出そう。メイ・リンが舞台に登場したいま、私は静かに退場しなければならない。

クレアはショールをなびかせて居間に戻り、テラスで寄り添うデインとメイ・リンを視野に感じながらカウンターでラムカクテルを作り、一気にあおった。

二人が戻ってくるころ、クレアは微笑さえ浮かべて話ができるほど落ち着きを取り戻していた。

デインはもう……？　それとも目下、口説いている最中だろうか？　クレアはあえて自虐的な想像をめぐらしてみた。それにしても、不倫でもしているみたいにテラスでこそこそするなんて、やぼだこと。私たちは本物の夫婦ではないのだから、彼が何をしようが裏切りにはならない。デインは私を愛の対象として見ることはなく、その事実をさまざまな形で伝えてきた。ついに夜が訪れ、静かに階段を上がるクレアの心は体の痛みをともなうほどに引き裂かれていた。

7

家のなかは墓場のように静まり返っている。いま何時だろう。クレアはついに眠るのをあきらめ、汗に濡れたナイトドレスを脱いでビーチスカートとサマーセーターに着替えた。そしてサンダルに足を滑り込ませるとテラスを抜け、かぐわしい夜気のなか、木立を縫って海岸へと続く細い道をたどり、さざ波が洗う砂浜にうずくまった。

デインはメイ・リンと一緒にいるに違いない。いつもはおやすみを言いに来るのに、今夜は顔も見せなかった。

「部屋から芝生を横切るきみの姿が見えたものだから」突然デインの声がして、クレアは心臓が止まるほど驚いた。「何を考えていたの？」彼は静かに尋ね、クレアの隣に腰を下ろした。

「家に帰ること」不意をつかれて声がうわずる。

「もうホームシック？」デインは腰を浮かしたクレアの手首をつかんで引き止めた。

「ええ、ちょっとね」それは事実ではなかった。長いあいだ自己犠牲を強いられたヨークシャーを懐かしいとは思わない。

「きみは変わったね。以前は本を読むようにきみの心が読めたのに」

「そう?」

「でも、いまはもう読み取れない。きみはまだぼくを許してはくれないんだね?」デインは形のいい唇に笑みを刻み、クレアを見つめた。「冷静になれば、きみにあんな大それた嘘(うそ)がつけるはずがないと気づいていたはずだ」

「なぜ急に考えを変えたの? 私が嘘をついていると、ずっと思い込んでいたんでしょう?」

「盗まれたバッグが戻って、マックスが実在の人物だとわかったんだ。それから、あらゆる疑いに根拠がないことに気がついた。結婚式に報道陣が押しかけてきたときは、きみも驚いていたね? マスコミに情報をもらしたやつがだれであれ、この手でつかまえて懲らしめてやりたいよ」

「サンドラかカーター……たぶんカーターね。彼のやりそうなことですもの。いまとなってはどうでもいいことだけれど」

「あのときは大いに問題だった。ところで、最近マックスのことをまったく口にしないが、連絡は取れてるの?」

それが気になる? デインと暮らしたあとで、すんなりほかの男性のもとに戻れるとでも思っているのだろうか？　いまでも私がマックスを愛していると信じたいなら信じさせておこう。そのほうがデインへの思いを気取られずにすむから、私にとっても都合がいい。

「ロンドンを発つ前に手紙を書いたわ」クレアはまたもや嘘を重ねた。

「それは賢明だね。いいものを見せようか？　パズルの最後の一片だ」デインはクレアの膝の上に封筒を置いた。「カーターがジャマイカに送ってよこした。最初はカヴァーデイルが保管していたんだが、財産問題にけりがついたのでカーターに返してきたらしい。内容はこっちが調べたとおりだったよ」

「それって……？」

「アダムの遺書だ。もし故人の思惑どおりにことが運んでいたら、カーターは猛烈に腹を立てていただろう」

祖父ののたうつような筆跡は判読しにくかった。それでも、いかにも善人ぶった文章を読み進むうちにクレアの唇から血の気が引いていった。

「アダムのご立派な親族は長年にわたって彼から金を搾り取っていた。かろうじて手元に残った財産の投資が失敗するとアダムは身内の強欲さを苦々しく思うようになり、一か八かの勝負に出た。有り金すべてをトランスヴァールの銀山に注ぎ込み、残らずすってしまったんだ」

「お祖父さまはとても慎重な方だったのに」クレアは目をうるませた。「ここに〝デインの意見に耳を傾けるべきだった〟とあるけれど、どういう意味？」クレアはページの最後で目をいぶかしげに細め、急いで次のページをめくった。「私のことであなたと口論したと書いてあるわ」

「当然だろう？　きみが利用されているのを知りながら、身内はみな自分たちに火の粉が降りかかるのを恐れて見て見ぬふりをしてきた。アダムはきみを学校にもやらず、家政婦を兼ねた看護師としてこき使った。それなのに、きみをフレッチャー家の一員として認めてもいなかったんだよ」

「私のことでどんな口論をしたの？」

「アダムがきみに何ひとつ遺す気はないと言ったので、それはないだろうとぼくが意見したんだ。きみはアダムにあれほど尽くしたのに、彼のほうはきみを家族とも思っていなかった」

「でも、お祖父さまは私に家と家族を与えてくれたわ」クレアは砂浜から立ち上がった。

「お人よしもいいかげんにして、目を開けて事実を見るんだ」デインも腰を上げ、クレアと並んで海岸を歩き始めた。「あるとき、きみをロンドンに連れていってもいいかとアダムにきいたことがある。仕事に就いて自立すべき年ごろだと思ったからね。彼はひどく腹を立て、よからぬ下心があるんだろうとぼくを非難した。話し合う余地すらなかったよ。仕方なく引き下がりはしたが、そのとき、アダムが死んだらきみが必要とするかぎりの援助をしようと心に決めたんだ。それでも、ぼくの意見に感じるところがあったらしく、アダムはそのあと、きみに有利なように遺言を書き替えた。そして破産が決定的になったとき、彼はカーターにひと泡吹かせてやろうともくろんだ。当然カーターは全財産の相続人であるきみと結婚しようとするだろう。そして結局は責任以外の何ひとつ手に入らないことになる」

「カーターがそれと知らずに無一文の私と結婚していたら、いまごろは……」クレアは惨めな気持でつぶやいた。

デインはクレアの手から遺書を引き抜いてジーンズのポケットにしまった。「過去のことは忘れるんだ、クレア」

いいえ、少なくとも私にとっては過去ではない。この遺言がもっと早く明らかになっていたら、デインは——そして私も——アダムの仕掛けた罠にはまらずにすみ、偽装結婚などという大それた過ちを犯すこともなかっただろう。

「ベッドに戻るわ」クレアはデインを見上げ、そして目をそらした。「今夜はメイ・リンと一緒じゃなかったの？」

「それが気になる？」

「ええ、でも誤解しないで」クレアはひやかされて強がりを言った。「妬いているんじゃないわ。ただご乱交が不愉快なだけ」

デインはクレアの手をつかんで引き寄せた。「自分が欲しくないものでも人にあげるのはいやだってこと？　それとも……」彼は低く笑い、いきなり唇に唇を押しつけてきた。たちまち溺(おぼ)れゆく者のように彼に寄り添い、クレアは本能の欲求に屈してキスを返していた。セーターが押し上げられ、温かい手が張りつめたバストをまさぐる。クレアは思わずうめき、津波のように押し寄せてくる欲望に圧倒されてよろめいた。

そのときいきなり突き放され、クレアは砂の上に倒れ込んだ。愛していると叫びたかった。でも、ひれ伏したようなこの格好で愛を告白すれば、またもや哀れみを誘うだけだろう。

「セックスの相手はどこにでもいる。きみである必要はないんだ、クレア」

怒りと苦悩に震えるクレアをそこに残し、デインはすたすたと浜辺を横切り、闇(やみ)のなかに消えた。あのクールな男性と、身も心もとろかすような歓喜を分かち合ったことがあるとはとても思えない。彼は二度と私を抱こうとはしないだろう。わからないの、デイン？いまごろ紳士的になっても、もう遅いのよ！　絶望に駆られてクレアはこぶしで砂をたたいた。デインのいない殺伐たる人生を想像すると、プライドなど何ほどのものとも思えない。生涯の思い出のために彼が欲しかった。最後にもう一度、あの歓喜を体に刻みたかった。

翌朝ダイニングルームに下りてゆくと、デインが一人で朝食をとっていた。「グラントとメイ・リンはしばらく起きてこないだろう。二人はきのう南アメリカから帰ってきたばかりなんだ。ゆうべのこと、悪かったね」

クレアは注がれたフルーツジュースで喉を湿した。「南国の夜ですもの、何が起こっても不思議じゃないわ」すべてを冗談にしてしまえば気持も楽になる。「そろそろ家に帰ろうと思うの。まだきちんと話し合っていないけれど、でも……」

「そう、まだ話し合いはすんでいない」

「永久にここにいるわけにはいかないわ。それに、マックスにも会いたいし」

「またか」デインは静かに言った。「男は追いかけられるのが嫌いだってことくらい、たいていの女の子は母親の膝にいるころから知っているはずなんだが。みっともない真似(まね)はしないで放(ほう)っておくことだ」

冷徹な視線にさらされてクレアは青ざめ、そして赤くなった。マックスがここに迎えに来るまで放っておけという意味なら、永遠に待たされることになる。それに、いつまでもここにとどまっていたら、いつかデインへの燃える思いを見抜かれてしまうだろう。もちろん、メイ・リンとのお熱い関係を見て見ぬふりをする自信もなかった。

「早く食事をすませて。涼しいうちに国立公園に出かけよう」

三十分後、クレアの浮かない顔にも気づかぬふうに、デインはジープに荷物を積み込んだ。

国立公園に指定されている熱帯雨林には鬱蒼と樹木が茂り、整備された小道に沿って太陽がまだらに光を落としている。こんなとき、いつもは陽気におしゃべりをするクレアも、今朝ばかりは無邪気に景色を愛でる気になれなかった。車を降りて少し歩くと、滝が洞窟に注ぎ込んでできたエメラルドプールという美しい滝壺のほとりに行き着く。周囲には巨大な羽のような羊歯が密生し、野生の蘭がとりどりに咲き乱れて、クレアは一瞬すべての悩みを忘れて幻想的な景色に眺め入った。

「なんてきれいなの……夢みたい」静寂の中にささやいた。「この島のことは決して忘れないわ」

「きみはゆうべ、別荘をホテルにする計画には反対だと言ったね。それで考えた末、あそこを改装して、完成したらきみにプレゼントすることにした。ドミニカの土地のオーナーになるわけだから、忘れたくても忘れられなくなる」

クレアは怯えた目でデインを見上げた。「とんでもないわ！」

「もう決めたんだ。ヨットで発つ前にそのことを伝えておきたかった。宝石には手を触れようともしないが、海辺の家なら喜んでくれると思ってね」

デインがジャマイカから手ぶらで帰ったことは一度もない。ダイヤモンドのブレスレット、ネックレス、指輪など、目の玉が飛び出るほど高価な品々はいまでも箱に入ったまま鏡台の上に置いてある。二人の短い関係をすっきり終わらせるための残念賞。デインの気持はその程度のものなのだろう。たとえ二回でも、ベッドをともにした相手には手切れ金を渡すというのが彼の信念であるらしい。「みんなすてきなプレゼントばかり。でも……」

「マックスからもらうのはいいが、ぼくからのプレゼントは受け取れない？」

「あなたにはなんの責任もないわ、デイン」

「ぼくはただ、きみに幸せになってほしいと思っている。それだけだ」

「お金で幸せは買えないわ」

「いずれにしても、あの家はきみのものだ」

「欲しくないと言ったでしょう」

「マックスは欲しがるかもしれない」デインはいやな目つきでクレアを見た。「彼からはまだ連絡がないようだが」

デインは私を飾り立ててマックスへの贈り物にしようとしている。私を持参金つきでマックスのもとに送り返せばめでたしめでたしで、良心が痛むこともないというわけだろう。

「ええ、まだ」

「そのうちに連絡してくるさ。もし何も言ってこなかったら、ぼくが彼に電話をかけて説明してあげよう」

「何をどう説明するの？〝新車同様、状態よし〟私を新聞広告に出して、最高値をつけた買い手におまけつきで売り込む気？」背後の小道に人の気配がし、クレアは嗚咽(おえつ)をこらえてうつむいた。

「もう帰ろう」きれいに日焼けしたデインの顔は青ざめ、感謝するどころか怒りをぶつけてきたクレアに腹を立てている様子だった。

二人が家に戻ったときも、カービー親子はまだ寝室にいた。デインは二階の踊り場で振り向き、昼食のあとすぐに出発するからメイドに荷造りを手伝ってもらうようにとクレアに指示した。

飛行機でジャマイカに飛び、そこからヨットであちこちの観光地をめぐるクルーズに出ることになっている。船旅が終わるころにはデインの冷ややかさにさらに傷つけられ、メイ・リンへの嫉妬に苦しむあまり海に身を投げたくなるかもしれない。そんなことになるくらいなら、いますぐロンドンに発ちたかった。ヨットに乗ってからでは遅すぎる。

部屋で荷物を詰めていると、ハンナが今朝届いた郵便物を持って入ってきた。一通はランディからだ。いつロンドンに戻ってすてきな〝ご主人〟を紹介してくれるのかと尋ねる簡単な文面で、〝すごく楽しみにしているのよ〟という彼女らしい追伸で結ばれていた。

もう一通はミスター・ヴィスコンティをほめちぎるメイジーからの手紙だった。デインの厚意で、夫婦のあばら屋は見違えるほどきれいになったという。クレアは便箋から目を上げ、ぼんやり宙を見つめた。ついにこの苦況に終止符を打つべきときが来た。この二通のうちのどちらかがマックスからの手紙だとデインに信じ込ませることができたら、彼もこれ以上引き止めようとはしないだろう。

デインは寝室にいた。「ちょっといいかしら」尋ねるように目を上げたデインにクレアは切り出した。「マックスから手紙が来て……いますぐロンドンに帰りたいの」

「いますぐ？　ずいぶん急だね。手紙にはなんと書いてあった？　〝すべて解決。帰りを待つ〟とでも？　だが、きみを帰す前に彼と会って話したい」

「その必要はないわ。マックスは、あなたの面接試験を受けたいとは思わないでしょうから。いずれにしても、私たちのことはあなたとは無関係だわ」

「そのとおり。ぼくたちはたまたま二回ベッドをともにしただけの仲で、夫婦じゃない」デインは色あせた窓辺の長椅子に座って無造作に脚を組んだ。「ぼくがきみを厄介払いしたがっていると思い込んでいるようだね？　だがそれは違う。きみは強迫観念に取りつかれたようにイギリスに帰ると言い張っているが、まず自分が何をしようとしているのかよく考えてから行動してほしい」

「何かというと子ども扱いしたがるけれど、私はもう無分別なティーンエイジャーじゃないのよ」

「確かに。きみは二、三カ月前と比べると、まるで別人だ。ベッドであんなふうに燃えたきみが、相も変わらず昔のボーイフレンドを恋しがっているとはとても信じられないね」

クレアは痛烈な皮肉にたじろいだ。「愛とセックスのあいだには微妙な違いがあるわ」

「その違いを教えたのはぼく？」

「そんなこと、もうどうでもいいじゃない」クレアは突然落ち着きを失い、質問をはぐらかした。「偽りの結婚が四週間続いただけでも悲惨なのに、これ以上状況を複雑にしたいの？」

「わかった」デインは不意に譲歩した。「そうしたいなら今日のうちに発てばいい。その代わり、ロンドンに着いたらすぐに居所を知らせること、いいね？　そして、お望みどおり惨めな人生を踏み出せばいい」

「あなたに結婚してほしいと言ったあの夜から、もう惨めな人生は始まっていたわ」クレアは捨て台詞(ぜりふ)を残して部屋をあとにした。

昼食に顔を見せなかったクレアを案じて、ハンナが部屋にやってきた。「デインから聞いたけれど、出てゆくんですって？」

「意外ではないでしょう？」クレアはたたみかけた衣類をワードローブに戻した。デザイナーブランドのレジャーウェアや高価なイブニングドレスを持っていっても意味はない。

「これが普通の結婚じゃないってこと、あなたも気づいていらしたに違いないわ、ハンナ」

「ええ、それは……。でも、デインはあなたを大切に思っているわ。この何週間か、あなたを喜ばせようと懸命でしたもの」

「あなたにはわからない……」

「私には目も耳もあるのよ、クレア」ハンナはさえぎった。「あなたはせっかくのプレゼントを身につけようともしない。デインがどんなにがっかりしているか、わかってあげて」

「彼は後ろめたいのよ」クレアはめまいを覚え、ベッドの足元に身を沈めた。「でも、そんなふうに感じる必要はないんだし、高価なプレゼントで良心の痛みを癒す必要もないんだわ」

ハンナはしばらく何も言わず、ゆっくりと窓辺に近づいていった。「デインは感情表現が得手じゃないから、ついプレゼントで気持を示そうとするのね。でも、彼はあなたと結婚した。つまりあなたを愛しているということでしょう？　実は私、デインは一生結婚しないだろうと思っていたんだけれど、相手があなただと知って、案外うまくいくかもしれないと期待していたのよ」

クレアはめまいが治まるまで何度か深呼吸を繰り返した。どうしたのかしら？　心労？　それとも血圧のせい？

「私がデインに結婚してほしいと強引に頼んだの」泣きたいのか笑いたいのかクレアにはわからなかった。「祖父の遺産を受け取るにはそうするしかなかったから。どう、これでわかった？　私が出てゆけばデインは重い責任から解放されて喜ぶと思うわ」

ハンナは窓辺からぱっと振り向いた。「そういうことだったの？」

いるから」

「ええ」クレアはベッドから立ち上がり、再び荷造りに取りかかった。「だから私にはデインによくしてもらう資格がないの。すでに一生かけても返しきれないほどの恩を受けているから」

「でも、彼を愛しているんでしょう？　出ていったら彼の本心を確かめることもできなくってよ」

クレアは理解を求めてこわばった微笑をハンナに向けた。「彼は私のことを心配してくれるけれど、愛してはいないわ。当然でしょうね。彼を取り巻く女性たちとは比べものにならないんですもの」声を詰まらせ、クレアはわっと泣き出した。「お願い、放っておいて。これ以上つらい思いをさせないで」

ランディはだれかとおしゃべりしながらドアを開け、クレアと足元のスーツケースを驚いたように見比べた。そして「やっぱり！」と声をあげ「まったく男って勝手なんだから」とつぶやきながら同情を込めて友人を抱き締めた。

デインの噂はつとに知れ渡っていて、クレアが家を出たのも彼が噂にたがわぬプレイボーイだったからだとランディは頭から信じ込んでいるようだった。二人が居間に落ち着くと、玄関ホールに置き去りにされていた男性がぶらっと戻ってきた。

見覚えのある顔だ。「ジル？」クレアは驚いて彼を見上げた。

ランディはそんな二人の様子を興味深げに見守っている。「あなたたち、知り合いなの？」

「そういうわけでもないけれど」クレアは言葉を濁した。まさか、かつてデインの義理の父親だった男性にこんなところで出会うとは思わなかった。

「つい最近会ったばかりだけどね」ジル・ル・フレノーは愉快そうにクレアを見まわした。「ランディとはときどき一緒に仕事をしているんだ。ぼくは写真家だ。このビルの最上階に住んでいる」

そう、ランディが何度か手紙に書いてきたジルという恋の相手はジル・ル・フレノーだったのね。

「ジル、悪いけど……」

「オーケー、ランディ。ぼくは退散するよ。ここにいるとデインと同罪だと決めつけられそうだから」ジルは軽く頭を下げて出ていった。

「ごめんなさい。連絡もしないでいきなり押しかけて」

「気にしないで。ジルとは深い関係じゃないの。ただの友だちよ。今夜は暇だって言うものだから、一緒に食事に行っただけ。何か飲まない？　私は飲みたい気分だわ」

クレアは少ししてゲスト用の寝室に落ち着いた。二人は距離と時間の隔たりを超えた変わらぬ友情を確かめ合い、それから一週間後、クレアは待望の仕事を見つける幸運に恵まれた。

ジルはしょっちゅうランディのフラットに出入りし、クレアが仕事を探していると言うと一瞬驚いたふうだったが、それから二日後にまたやってきて、電話番号を書いたメモを差し出した。

「ジョンは考古学者で、彼が出版した本の写真を撮って以来の付き合いなんだ。彼はいま資料整理を手伝ってくれるアシスタントを探していてね。以前いた女性は孤独な作業に飽きて、会社勤めに転職したらしい。きみのことは伝えておいたから、興味があるなら電話してみるといい」

ジョン・ホーソンは体格のいい穏やかな五十代の紳士で、簡単な面接のあと、すぐにクレアの採用を決めた。

クレアはデインのもとを去ってからめぐり合った幸運を数え上げてみた。これでよかったのだ。私がマックスのもとに戻ったと思ってデインはほっとしているだろうし、私は運よく仕事に就くことができた。パートタイムのようなものだけれど、辞めるときは次の仕事に就くための紹介状がもらえるだろう。孤独な作業を始めて最初の二、三週間はのろのろと過ぎていった。

そして二日前、クレアは最近頻繁に起こるめまいと食欲不振が気になって医者を訪ねた。漠然とした症状を連綿と訴え、なんだか仮病を使っているような気分になりかけたとき、話をさえぎって医者が口をはさんだ。「失礼ですが、妊娠の可能性は？」

　まさか……。それについては考えたこともなかった。ストレスが原因で生理不順になることがよくあったので、医者に言われるまで気づかなかったのだ。

　もちろん最初は愕然（がくぜん）とした。根拠のない話だが、たった二晩抱かれただけで妊娠するはずはないと単純に思い込んでいたのだ。慎重な検査の結果妊娠が確認されると、クレアは宙を舞うような足取りで診察室をあとにした。胎内にデインの赤ちゃんが育ちつつある。この衝撃的事実を知ったら彼は戸惑うだろう。でもクレアの喜びはあまりにも強烈で、一瞬の困惑はすぐに吹き飛んだ。ついに心の均衡を保つ何かを見つけたのだ。もう不眠をかこつことも、食欲不振に悩むこともなく、手に入らないものを求めて自己憐憫（れんびん）の地獄をのたうちまわることもなくなるのだ。突然、クレアはほほ笑んでいた。

8

「嬉しいですって？　それ、どういうことよ？　頭がいかれたの？　ようやく人生がいい方向に動き始めたっていうのに、何を考えているんだか」ランディはあきれ果てて電話のそばの椅子に腰を下ろした。

「赤ちゃんか自分の将来かと言われたって、選びようがないわ。私、ほんとに産みたいんですもの」

ランディは頭を振った。「どうしてこんな災難を喜べるのかしら。結婚生活最短記録を更新した相手の子どもに一生縛りつけられるのよ」

「それでもいいの。言いたいことはそれだけ？　じゃ、この話はもうおしまい」

無神経な友人に、これ以上幸せな気分を乱される前にクレアは部屋に戻った。失意のどん底にいる友人をパーティとかに連れまわそうともくろんでいたランディにしてみれば、離婚が決まりそうなこの時期の妊娠など、不運以外の何ものでもないと言いたいのだろう。でもクレアにとっては大いなる喜びだった。体つきはまだほっそりしているが、鏡を見るたびに口元が自然にほころんでしまう。デインは去っても、彼の分身はいまもクレアとともにあった。

「ゆうべはごめんなさい。ひどいことを言ってしまって」翌朝、朝食のテーブルでランディが謝った。「あれからいろいろ考えて、そのことについてジルともちょっと話し合ったんだけど……」

「ジルと？」

「だって、彼はあなたの次にいい友だちなのよ」

「黙っていてほしかったわ」

「じゃ、おなかが出てきたらなんて言うのよ。やけ食いでもしてるって？」

「いつまでもここにいるわけじゃないわ」

「遠慮は無用よ。妊娠のこと、相手にはどう話すつもり？」

「知らせる気はないの」

「クレア！」

「デインは子どもを欲しがるタイプじゃないから、私が妊娠したと知ったら落ち込むわ」

「子どもは女一人で作れるものじゃないのよ。自分が何をしてるか、あの男だって当然知ってたはずでしょ？」

「彼に責任を感じてほしくないの。そんなのは二度とごめんだわ。それがわからないの?」

「わかろうと努力はしてるけど……。でもあなたたちの関係って、やっぱり奇妙よね」

デインは取り戻した自由を謳歌している。そして私もまた幸せだと信じているに違いない。それならそれでいいではないだろうか。いままで、いやというほどデインの人生をゆがめてきた私に、これ以上彼を苦しめる権利はない。

「赤ちゃんは、だれにも頼らずに私が責任を持って育てるわ」クレアは疲れたように眉間をもんだ。

「デイン・ヴィスコンティはお金持なんだから、養育費を要求したところで蚊に食われたくらいにしか感じないわよ」

「妻でもない私にお金を払う義務はないわ」

「もしかして、私は勘違いしてる?」ランディは言いよどんだ。「つまり、赤ちゃんはデインの……もちろんそうに決まってるわよね。でもクレア、あなたって何も話してくれないから」

なんと言われようと、クレアの決意は揺らがなかった。正直さを盾にとり、愛する人に重荷を負わせるなんてフェアではない。妊娠を知ったら、デインはルーが進めている離婚手続きをストップさせ、私への恨みを心の奥に抑え込んで自ら望みもしない責任を背負い込もうとするだろう。

一週間が過ぎ、ひと月が経ち、春が終わり、初夏になった。そんなある朝、クレアはジョンに頼まれたものを買いにハロッズに行き、そこでジルと文字どおり鉢合わせした。

「まさに天の使いだ」彼はちょっと身を引いておどけてみせた。「実は来週ランディの誕生日でね。何をプレゼントしたらいいかわからなくて困ってたんだ」

「嘘ばっかり」クレアは笑った。

「そうでも言わなきゃ、きみはそ知らぬ顔をして通り過ぎてゆきそうだったから」ジルはクレアの肩に腕をかけた。「昼食でも一緒にどう？」

「オフィスでジョンが待っているから……」

「きみのボスは昼休みもくれないのかい？　そもそも、そんな体で買い物に出るのは感心しないね」

「昼休みはちゃんともらっているし、買い物に出たのも、たまには外の空気に触れるのもいいだろうというジョンのはからいなの」

「あの石頭は妊婦の扱い方ひとつ知らないらしい。いまのきみに必要なのは何よりも休息なのに」

ジルの言うとおりだった。暑くてひどくだるいうえ、背中も痛み、まるで何年も妊娠しているみたいな気分だ。クレアはジルに導かれるまま人通りの多い歩道に出た。

「これまであまり話す機会がなかったね」やっとつかまえたタクシーのなかでジルが言っ

た。「ぼくがランディのところに行くと、きみはいつもどこかに隠れてしまうんだから。ところで、ぼくには関係ないことかもしれないが……」

「ええ、そのとおり」クレアは機先を制した。「デインのことはいっさい話したくないの」

だがジルはあきらめなかった。「もっと現実的になったら？」

「健康で幸せならそれでいいでしょう？　いまどきシングルマザーはめずらしくもないんだし」

「納得はできないが、まあ、それはそれとして、ぼくがなぜご機嫌なのか教えようか？」

タクシーを降り、ジルはクレアのためにレストランのドアを押した。「実は、ついさっきランディに婚約指輪を買ったんだ」

「正式にプロポーズするつもり？」二人はボーイに案内されてテーブルへと向かった。

「もちろん」ジルは嬉しそうに笑った。「今度ばかりは本気だよ」

テーブルに着き、クレアは身を乗り出して彼の手を握った。「おめでとう。私も嬉しいわ」

二人とも話に夢中で、角のテーブルにいるすらっとした赤毛美人が怒りに顔をひきつらせて立ち上がったことに気づかなかった。

クレアがメニューを手にしたとき、ゼルダがつかつかと歩み寄ってきた。

「あなたって、見かけによらず*わる*なのね」ゼルダは聞こえよがしに罵倒(ばとう)した。「こともあろうに、こんな男と」

険しいまなざしに射すくめられてクレアはたじろいだ。しかしゼルダは釈明を聞こうともせず、連れの女性が待つテーブルに戻っていった。

「ここを出ましょう、ジル」周囲の好奇の視線にさらされてクレアは頬がほてった。

ジルが呼び止めたタクシーに乗り、クレアはため息をついた。

「彼女、きっとデインに報告するわ」

「ぼくのせいだ。自分の立場もわきまえずに、きみを人前に連れ出すべきじゃなかった。悪かったね、クレア。食事はなしにして、このままジョンのところに送ってゆくよ」

ゼルダは私のおなかに気づいただろうか？　もちろん見逃すはずがない。彼女は私とデインの別離に祝杯を挙げ、さっそく彼のもとに駆けつけて性悪女を厄介払いできた幸運についておしゃべりするに違いない。

午後はあっという間に過ぎてゆき、夕方の四時ごろ、隣の書斎から男性の話し声が聞こえてきた。それから少ししてジョンがオフィスににこやかな顔をのぞかせた。「クレア、きみにお客さんだよ」

その後ろに、ジョンより頭半分ほど背の高いデインが立っている。クレアは呆然(ぼうぜん)として彼を見つめた。ジョンが書斎に戻ると、デインはファイルキャビネットの傍らに立ち止まり、デスクで凍りついているクレアに鋭い視線を向けた。美しいブルーのまなざしが疲労のにじむクレアの顔をとらえ、それから体のほかの部分へと滑ってゆく。

「妊娠しているんだね？」声に出すのもはばかられるとでもいうように、デインはささやくほどの声で言った。

屈辱感に、クレアはただ目を閉じてこの場から消えてしまいたかった。おなかはいまや不格好にせり出し、テントみたいなだぶだぶの服は小柄な体をいっそう醜悪に見せている。

そのとき、電話の呼び出し音がぎこちない沈黙を破った。

「クレア？」受話器からランディのうわずった声がする。「ごめんなさい。ジルがあなたの居所をデインに教えちゃったらしいの。それ以外にどんなことをしゃべったか、私にもわからないわ。ああ、クレア、ごめんなさい。どう謝ったらいいか……」

「いいのよ。デインはいまここに来たところよ。またあとで話すわ」

「話す相手はぼくだけでいい」デインはデスクに近づいてクレアの手から受話器を取り上げ、一方的に電話を切った。彼は以前より頬がこけ、多少やせたようだ。いくらタフでもパーティ続きの日々は体にこたえるのだろう。「こんなことでジルに借りができるとは思わなかった」

肩まで伸びた髪が頬に落ちてクレアの横顔を隠した。言い合いに耐えられる気分ではないが、目の前に彼がいるだけで苦悩半分、喜び半分の不思議な気持になってくる。

「きみにはぼくが必要だとジルが言っていた」

「ええ、そうよ！」クレアは絶望に駆られて叫んだ。「確かにあなたが必要だわ！」

「落ち着いて」デインはクレアのこわばった体に腕をまわした。「別れてからずっと、きみはマックスと幸せにやっているんだとばかり思っていた。だがジルはきみの周りに男の影はないと言う。もちろんそうだろう。その体では……」彼は魅了されたように丸いおなかを見下ろした。

「お願い、帰って！」クレアはこぶしを握り締めてすすり泣いた。

デインはクレアを回転椅子に座らせると、自分もその前にしゃがみ込んだ。「それでいいの？　つまり……」めずらしく言いよどむ。「きみはほんとうにぼくの子を……」

一瞬の怒りはなえ、いまはただ彼の乱れたシルバーブロンドに指を差し入れ、体を抱き寄せたいと思う。でもデインがどう反応するかを想像すると、その勇気はわいてこなかった。

「ええ、産みたいと思っているわ」

デインは指先でクレアの顎を持ち上げた。「マックスを失っても？」

クレアの青白い頬がピンクに染まる。妊娠のせいでマックスに捨てられたと思っているらしい。デインはクレアの顎を放し、口を開きかけた彼女に先んじて言葉をついだ。「きみはどう思っているか知らないが、ぼくはきみを大切に思っているし、いつも幸せでいてほしいと願ってもいる」

続けて。クレアは心の中でつぶやいた。そして私があなたの厄介なお荷物だということを思い出させて。私の幸せを願う？　そういう気持は私への義務と責任、重苦しい拘束ではあっても、愛ではない。

「あなたが後ろめたく感じる必要はないわ。マックスには……」こんなことを言ってしまったら自尊心がぼろぼろになる。でも、このまま誤解を解かずにいるのはもっと罪深いことだ。「ほかに恋人がいたの。お祖父さまが亡くなるずっと前から。私が知らなかっただけ」

デインは音をたてて息を吸い、何も言わずに立ち上がった。

「あなたが怒るのも当然だわ。結婚してほしいと頼む前に、きちんとマックスと話し合うべきだった。それに、冷静に考えてみると、寛大なあなたのことですもの、事情を話せばメイジーとサムの問題もなんとか解決してくれたと思うし……」クレアはポケットからハンカチを出して涙を拭いた。

「ドミニカに手紙が来たというのは嘘だったんだね？」デインはこわばった背中をこちらに向けた。

「ええ。ごめんなさい、何もかも私が悪かったの」

「支度して」デインはいきなり振り向いた。「きみの友だちのフラットまで送っていくよ」

来客がだれかジョンはすでに知っていたようで、書斎に戻った二人を励ますような、しかし一抹の寂しさをたたえた笑顔で迎えた。クレアがもうここには戻ってこないことを薄々感じ取っていたのかもしれない。

「ジルはあなたにどんなことを話したの？」待たせてあったロールスロイスに乗り込むと、クレアはさっそく気になっていた質問を口にした。

「ぼくたちのあいだに何か行き違いがあるらしいと感じ、それが誤解なら解くべきだと思って訪ねてきたそうだ。ジルの知るかぎり、きみの周りに恋人らしき男性は存在しないとも言っていた」

ジルはクレアがなんらかのトラブルを抱えているとほのめかし、デインはその策略にまんまと引っかかったということらしい。車内の静けさが妙に神経に障り、短いドライブが終わってランディのフラットに到着したときは救われた思いだった。クレアがバッグをかきまわして鍵(かぎ)を捜すあいだ、デインはドアのネームプレートを指でなぞっていた。「M・ブレア――ミランダ・ブレアか。きみがルーに知らせた住所を見て、このMはてっきりマックスの頭文字だと思い込んだ。彼の姓は聞いたことがなかったから」

私がマックスと暮らしていると思うことによって、デインのなかでこの問題は決着ずみだったのだ。それなのにジルが余計な口出しをしたために、デインは再びトラブルの渦中に放(ほう)り込まれた。別れた理由を知っていれば、ジルだって私たちを元のさやに戻そうなどとは思わなかったはず……。

「ルームメイトは?」玄関ホールに入ってデインが尋ねた。「ジルにたぶらかされた気の毒な友だちは、いまどこにいるんだい?」

「ジルはいい人よ。少なくとも私にはとても親切にしてくれるわ」クレアは彼を弁護した。

「ランディは外出中よ。さっきの電話は外からだったの」

「きみの部屋はどっち?」デインは断りもせずに左右のドアを開け、なかをのぞいた。

「きくまでもなかったね。ベッドサイドにフレッチャー一族の写真を飾るおばかさんは世界に一人しかいない。どう、ランベリー・ホールを出て以来、ここに写っている連中からは手紙ひとつ来ないだろう?」

「残念でした」クレアは部屋のドアを閉めた。「いつだったか、ロンドンに来たとかでサンドラが電話をくれたわ」

「ぼくにひどい扱いを受け、妊娠した挙げ句に捨てられたと報告したのかい?」

「そんな話はしなかったわ」クレアは疲れたように背筋を伸ばした。できることなら、この醜悪な体を丸めてこの場で死んでしまいたかった。怪物じゃあるまいし、じろじろ見られて居心地がいいはずもない。

「手伝うから荷物をまとめて」

「荷物を?」クレアは眉をひそめた。

そういうことなのね。デインはまたもや自らに自己犠牲を強い、背負う必要のない責任を引き受ける気になっている。

「その子が欲しいんだ、クレア。いいかい、もうマックスのことは忘れて、これからはぼくたちのことだけを考えよう」

デインの赤ちゃんをみごもりながら、まだマックスを慕っていると――そこまで愚かな女だと思われているのだろうか。でも、ほんとうのことは言わずにおこう。真実を知ればデインは困惑するに違いない。

「気分は？」

「どうってことないわ。妊娠は病気じゃないんだから」空疎で、惨めで、六月の雪みたいにちぐはぐな気分だ。でもクレアは精いっぱいの虚勢を張った。

「鼻っ柱の強さは相変わらずだね」デインは穏やかに言い、何かを探るようなまなざしでクレアを見つめた。「言いたいことはいろいろあるが、何を言ってもきみは信用しないだろう。正直なところ、ぼくはもう我慢の限界にきている。これ以上つべこべ言わずに一緒に来るんだ」サファイアブルーの瞳がきらっと光った。「離婚はしない。それがいやなら子どもはこっちが引き取るからそのつもりで」

静かな威嚇に血が凍りつく。「でも、あなたは子どもが欲しくないと……」

「なぜそう決めつけるんだ？　確かにそう言ったことはある。だが、あと何週間かで我が子が生まれてくるとなれば話は別だ」

デインが心から子どもを望んでいるはずはない。これはただの脅しだ。彼もまた子どもを欲しがっていると思わせるための出まかせなのだから怯(おび)えることはない。

「こんな形で会いたくなかったわ」

「どんな形であれ、二度とぼくには会いたくなかったんだろう?」

「それがあなたのためだと思ったから」

もちろんそれがデインのためだ。数かぎりないトラブルをもたらした偽装結婚からようやく脱出できたいま、なぜ彼は再び偽りの仮面をかぶらなければならないのだろうか?

「こんなことになるとわかっていたら、そもそも結婚してほしいなんて……。何がおかしいの?」

デインが笑っている。「きみがいなくて寂しかった」

ほころびかけていたクレアの唇が凍りついた。「そんなこと、言わないでいいのよ」

「わかった。じゃ、きみがいなくてせいせいした。いまはうっかり罠(わな)にはまった気分だ。こう言えば満足かい? ぼくが望まぬ立場に自分を追い込むとでも思っているの?」

ええ、そう。妊娠はあなたが望んだことではないのだし、出産間近のこの時期、父親である男に残された選択肢は多くない。プラス思考のあなたのことだから、取り返しのつかないことを後悔するより潔く結果を引き受けようというのでしょう。「悪いけれど、一人にしてくださる?」

「ぼくを追い払うつもり？　どこかに自分の子が存在することすら忘れて一生を過ごせというの？　そんなことを一方的に決める権利が、きみにあるんだろうか？」デインは天を仰ぎ、ため息をついた。「ここで言い合っていても、なんの解決にもならない。どこかへ食事に出かけよう」

「今夜はどこにも出かけたくないの。簡単なものでよかったら何か作りましょうか？」

「疲れているきみに面倒はかけたくない」

「大した手間じゃないわ。着替えたいので居間で待っていてくださる？」

クレアはシャワーを浴び、何カ月か前にランディがチュニジアで買ってきてくれたカフタンをワードローブから取り出した。これだと体が楽だし、おなかも目立たない。着替えているあいだにランディが帰ってきたようで、部屋を出ると居間から朗らかな笑い声が聞こえてきた。ランディったら。身勝手な男とさんざんこき下ろしておきながら、好奇心には勝てないということ？　あの笑い声から察すると、デインに対する意見をころっと変えたようだ。

三十分ほどして、ランディがキッチンのドアから顔をのぞかせた。「何か手伝うことがある？」その目にはまだ笑みが躍っている。「ついおしゃべりしてしまって、こんな時間になってるとは思わなかったわ。早く着替えなきゃ。今夜はジルがとびきりのレストランに連れてってくれるんですって」ランディはグリルからステーキを取り出すクレアの手元をしばし眺め、それから不意にこう言った。「私、よくわかったわ」

「わかったって、何が？」

「デインがどんなに魅力的かってこと。すごくいい人じゃない？　許してあげなくちゃだめよ。もったいないわ。あんな男性をみすみす逃すなんて」

「ええ、ええ、そのとおり」ランディの突然の変節ぶりに腹が立つ。

「彼、ゴージャスだし」

「そうらしいわね」

「そんな憎まれ口、あなたには似合わないわよ」ランディはくすっと笑った。「飲み物をサービスして、ついでにあなたがどんなに品行方正に暮らしているか、よく話しておいてあげたわ」

言いたいことを言うとランディは自分の部屋に飛んでゆき、ほどなくたんすの引き出しを開け閉めする音がキッチンにまで聞こえてきた。ランディをデインと二人きりにしたのはまずかった。デインは人から情報を引き出す天才なのだから。

テーブルに着くと、デインはからかうような笑みを浮かべてクレアを見つめた。「十五歳のころ、学校のロッカーにぼくの写真を貼（は）ってたんだって？」

「そうするのがはやってたの」クレアはサラダボウルを彼の方に押しやった。「あなたの写真じゃなくてもよかったんだけど、ほかに適当な人がいなかったから」

「ほんとうのことですもの」クレアは自己弁護に躍起になった。「ランベリー・ホールで、ちょっとでも私のことを気にかけてくれたのはあなただけだったし」クレアはくすっと笑い、話題を変えた。「今日の午後、ゼルダがあなたに会いに来たんじゃない？」

「いや、ジルが帰ったあと電話がかかってきたけどね」デインは肩をすくめた。「マットと別れたそうだ。知っていた？」

クレアは首を横に振った。

「二人で話し合って決めたらしい」デインはどうでもよさそうにつぶやいた。「結局、それでよかったんだろう」

食事を終えるとデインは立ち上がり、テーブルを片づけようとしたクレアの手をつかんだ。「ぼくたちのことを話せない？　ウィッチウッドに——ケントにあるカントリーハウスに一緒に帰ろう。静かなところだから気に入ってもらえると思う」

クレアはカーテンを閉めに行った。間近で目と目を見交わしていては、全面降伏したいという心の欲求に打ち勝つ自信がない。彼とともにいたかった。何があろうと彼のそばにいたかった。孤独な生活をいやというほど味わってきたいま、心の声に従って素直にうなずくことができたらどんなにいいだろう。でも、それはできない。もしここで屈したら、明日からまた新たな苦しみにさいなまれることになる。デインは愛してもいない妻子の面倒を見るはめに陥り、その結果、私はいっそう疎まれることになるだろう。デインに嫌われるなんて考えたくもないが、彼も人の子、義務感から罠にはまったと感じれば、いつかはその相手を呪いたくなるに決まっている。

「あなたとはどこにも行かないと言わなかった？　あなたはあなた、私は私。見てのとおり、これまで私一人でなんとかやってこられたわ」

だが彼はきっぱりした拒絶に動じるふうもない。「一からの出発だと思えばいい。幸い籍はそのままだし、きみにも特別な相手はいないようだから」

「指を鳴らせばだれもがあなたについていくと思っているの？」

「少なくとも、ぼくの妻はそうするはずだ」

「私はあなたの妻じゃないわ！　もう別れたのよ。あなたがここにいるのは私が妊娠したから。せめてそれくらいのことは正直に認めたら？　でもご心配なく。私はそれほど無能じゃないわ。だからあなたが責任を取ることはないのよ」

「だったら、だれが責任を取る？」

クレアのなかで最後の小さな希望の火が消えた。やはりそうだった。デインは愛からではなく、道義的な責任感から誤った道を選択しようとしている。

「明日の朝迎えに来るから、ぼくの言ったことをよく考えて荷造りをしておくんだ、いいね？　ひと晩寝て落ち着けば〝みなしごアニー〟気取りにも飽きているだろう」

「私は……」

「きみに選択する権利はない。ドミニカではきみが選択をした。今度はぼくが決める番だ」

「あなたにだって、そんな権利はないわ」

「じっくり鏡を見て、もう独り身じゃないことを認めるんだ。じきに子どもが生まれてくるんだから」

もしこのおなかが平らだったら機嫌よく手を振って立ち去るというの？

「じゃ、明日の十時に」

「来ても無駄よ。出ないから」

「ドアを蹴破られて近所中の笑いものになりたければお好きなように」

そう言うなりデインは出てゆき、クレアは怒りに任せて手荒く鍵をかけた。

9

「七時前に帰っちゃったの?」

「ええ」熱々の紅茶をランディに渡し、クレアは長椅子の端に腰を下ろした。「状況に変化なしよ」

「大ありじゃない。帰ってきてほしいと言われたんでしょう?」

ランディ好みのハッピーエンドだ。婚約指輪に催眠術でもかけられたようにぼうっとして、ランディは明け方近くに帰宅した。そんな友だちの幸せな気分に水を差したくはないが、真実を曲げるわけにはいかない。「彼、私が妊娠したので責任を感じているのよ。子どもができたという理由だけで続ける結婚生活なんて、あなた、耐えられる?」

「まさか」ランディは顔をしかめた。「で、これからどうするつもり?」

「援助なら受けてもいいと思ってるわ。それで彼の気がすむのなら」

「ずいぶんな言い方ね」ランディはため息をついた。「彼って案外誠実で、子ども好きだったりするのかもよ。ジルがいい例じゃない。若いころは相当のプレイボーイで、財産目当てにデインの母親と結婚したと正直に打ち明けてくれたわ。でも、いまのジルはまるで別人よ」

「デインが変わるとしても私のためじゃないわ。それに、彼には妻なんて必要ないの。身のまわりのことは有能な使用人に任せればいいんだし、セックスの相手はお好み次第だわ」

一瞬会話がとだえた。そのとき玄関の呼び鈴が二度立て続けに鳴った。「ランディ、あなたのお客さんよ。デインは十時まで来ないはずだから」

本音をぶつけ合う会話に気疲れし、クレアはほっとして部屋に戻った。まだナイトドレスのままだから、客がだれであれあいさつに出るわけにはいかない。

「少し早かったかな?」いきなり男の声が聞こえ、クレアははっとして振り向いた。「荷造りは?」デインはそう言いながらドアを閉めた。

「どこにも行かないのに、なぜ荷造りしなくちゃならないの?」

「話はついたと思ったが?」

「それであなたの気がすむなら、多少の養育費は受け取ってもいいわ。そのお金でどこかに家を借りて……。それが一番常識的な解決法だと思わない?」

「ぼくが常識的な男だとだれが言った?」デインはクレアに近づき、何もつけていない左手をつかみ上げた。「結婚指輪は?　妊娠してもまだ独身を気取りたいのか?」

「きつくてはめられなくなっただけ。太ったのはおなかだけじゃないのよ」クレアは彼の手を振り払った。「まだわからない？　これ以上あなたの生活を犠牲にする必要はないと言ったでしょう！」

「犠牲にしているつもりはない。さあ、早く着替えて。今日は格好のドライブ日よりだ」

「私はどこにも行かないわ」泣きたい気持をこらえ、クレアは部屋のドアを開けた。「だから出ていって。ジルから何も聞かなかったことにして、これまでどおり気ままに暮らしたら？」

思いがけないことに、デインはいきなりクレアを抱き上げ、肩にかついだ。

「下ろして！」足をばたばたさせてデインの背中をたたき、助けを求めて声をかぎりに友人の名を呼んだ。「ランディ、ランディ！」

デインは片手で玄関のドアを開け、あっけにとられているランディに片目をつぶってみせた。「すまないが、彼女の荷物をまとめておいてくれないか。あとでだれかを取りによこすから」

「こんなことが許されると思うの？」エレベーターに乗ってもなおクレアはわめき続けた。「まだ着替えてもいないのよ！　ナイトドレスのまま外に出たらいい笑いものになるわ！」

建物を出るとデインはロールスロイスの後部座席にクレアを放り込み、自分もその隣に落ち着いた。

「必要なものはなんでもそろえてあげるから、ごたごた言わずにおとなしくするんだ。まずどこかで着るものを買って……」

「いったいどこで着替えればいいの？」

「いまさら恥ずかしがることはない」デインは運転席に通じる受話器を取り、何か指示した。

そのあとは何を言おうが黙殺され、クレアがついにあきらめて口をつぐむと、デインは車のミニバーからグラスとオレンジジュースの入ったボトルを取り出した。「いまのきみにはビタミンCが必要とかで、トンプソンが持たせてくれた。これ以上きみに元気になられても困るけどね」

クレアはおぼつかない手でグラスを受け取った。「私じゃなく、おなかの赤ちゃんを心配してくれているんだわ」

「ゆうべトンプソンがケントの家に来て、きみが快適に暮らせるように準備をしてくれた。きみが囚われの身だとはだれも思わないと思うよ。ぼくはほとんど家にいないから」

デインはボンド・ストリートで車を降り、だいぶたってから買い物袋を山ほど抱えて戻ってきた。「街を出たら車を止めて着替えればいい」

「サイズが合いっこないわ」

「大丈夫。マタニティウェアの専門店に行ったら、店員が親切にアドバイスしてくれたんだ」

「そうでしょうね」憎まれ口をききながらも、クレアは買い物袋を次々と開けてなかをのぞき込んだ。

「ところで」デインは咳払い(せきばら)をした。「いつだい?」

「いつって?」

「その、つまり……わかるだろう?」

「ああ、予定日ね? 三週間後よ」何足か試したあとクレアは踵(かかと)の低いサンダルに足を滑り込ませた。暑さのせいか、手の指ばかりか足までむくんでいる。

一時間ほど走るとデインは車を止め、クレアが着替えられるように運転手とともに外に出た。

なぜか浮き浮きしてくる。クレアは紙袋からおしゃれなショーツを取り出し、三着のマタニティウェアのなかで一番涼しげな紺と白のドレスを選んで頭からかぶった。脱いだナイトドレスを空いた紙袋におさめ、車の窓を下ろして外で待つ二人に着替えがすんだことを知らせた。

「トンプソンにピクニックの支度をしてもらったんだ」車に戻ったデインが意外なことを言い出した。

「ピクニック?」

「そう」彼はややつっけんどんに応じた。「生まれてこのかた、ピクニックなんてしたことがないものでね。知らなかった?」

察しはつく。でも今日のピクニックは、子ども時代の空白を埋め合わせるために思いついたわけではなさそうだ。正午近く、車は舗装道路をそれて森の小道に入り、少し行ったところで止まった。運転手がまじめくさった顔つきでバスケットと敷物をトランクから運び出している。

「この辺りはうちの所有地なんだ」デインはそう言ってにこっと笑った。「だから普通の人が知らないような穴場にも詳しいってわけさ」

そこから二百メートルほど歩くと、太陽が降り注ぐ川辺に出た。「美しいところね。あなたのカントリーハウスはこの近く?」

デインは川原に敷物を広げた。「一キロ半くらいあるかな」

クレアはサンダルを脱いで腰を下ろし、豪勢な料理がたっぷり詰まったバスケットをのぞいた。「すごいごちそう。トンプソンにお礼を言わなくちゃ」

「よほどきみが気に入ったと見えて、ぼくが一人でカリブから帰って以来、トンプソンはずっとむくれていた」デインはボトルの栓を抜き、二つのグラスにシャンパンを注ぐと一方をクレアに差し出した。「きみが出ていったのはぼくのせいだと思い込んでいるらしい。ほかの男を愛した妻にぼくのほうが捨てられたっていうのにね」

「やめて、デイン」シャンパンの泡がつんと鼻を刺し、涙が喉を詰まらせる。お願い、これ以上私の心を揺さぶらないで。私は冷たい石像なんかじゃなく、熱い血の通った一人の女。あなたのそばにいればいるほど〝ノー〟と言うのがつらくなり、なぜ〝イエス〟と答えてはいけないのかと思ってしまう自分が怖くてたまらない。

「子どもさえ手に入れれば、ぼくなんか必要ないという意味？」

「そんな言い方はないでしょう？　もっと素直になったら？」

「素直すぎるのも危険だ」クレアに目を向けたまま彼は敷物の上に片肘をついて頭をそらした。「こんなことをしていても問題はいっこうに解決しない」

「妊娠が問題だとは思わないけれど？」

「問題さ。きみが一人で赤ん坊を作ったみたいな顔をしているかぎりはね」

一人前ずつスフレ皿に盛られたクラブムースを手にしたものの、食欲がわいてこない。クレアは無意識のうちに痛む腰をさすった。「妊娠は事故みたいなものですもの」

「おなかの子がそれを聞いたらさぞ喜ぶだろう」

心にぐさっと刃が突き刺さる。単なる比喩を額面どおりに受け取ることもないだろうに。「ゴシップ記事によると、この何カ月か、あなたは水を得た魚のように派手に遊びまわっていたわね。三週間の結婚生活にうんざりしたから？」

「一緒にいたのは四週間だ。それに、出ていくと決めたのはきみのほうだよ」

ええ、そう。愛されていないと知りながら彼にしがみつくのはフェアじゃない。誓いの言葉に縛られることなく、自由奔放に生きるのがデインのライフスタイルなのだ。「あなたを不幸にしたくないから」

「じゃきくが、幸せって何？　ああ、そんな顔をしないで。きみがあんまり純粋なので、ぼくはときどき百歳の老人になったような気がするよ。一年前、きみはマックスとの幸せな将来を思い描き、ぼくは結婚などまったく考えていなかった。それがいまじゃ、あべこべだ。時計の針を戻すことはできない、クレア。どんなに頑張ってもね。皮肉な話だ。過去十年で一番まっとうだと思った選択が最も間抜けな結果をもたらすとは」黒いまつげがそよぎ、熱いブルーのまなざしがまっすぐクレアに注がれた。「いまは幸せだなんて言ってもぼくは信用しない。結婚イコール天国だなんて考えはもう捨てることだね」

「確かに、私たちの結婚は天国じゃなかったわ」クレアはため息をつき、グラスにシャンパンを注ぎ足すデインの手元を見守った。

「そう決めつけるのは早すぎる。ぼくはいろいろな意味できみを気に入っているし、うるさく干渉し合わず、お互い過剰な期待をしなければうまくやっていけるかもしれないじゃないか」

デインはかすかな希望をたたえたクレアの顔を見下ろし、頬に手を添えてごく自然なしぐさで唇を重ねた。心臓が高鳴り、欲望の波が電気ショックのように身を貫いてクレアは震えた。力が抜け、まるで浜に打ち上げられたくらげみたいな気分だ。そしてデインは唇を離し、慎重に二人のあいだに距離をおいた。私のせい？　彼が身を引いたのは妊娠八カ月の醜悪な体にぞっとしたから？

甘美な官能の波が引いてゆき、それに代わって悲しみが押し寄せてくる。心を読み取られまいとクレアは目を伏せた。いま、ロンドンの豪華なペントハウスではだれがデインを待っているのだろう？　自虐的な衝動に駆られ、一瞬そう口にしかけてクレアは思いとどまった。尋ねれば正直な答えが返ってくるだろうが、それで傷つくのはデインではなくこの私なのだ。ここ何カ月かのあいだ、彼がどれほどの女性とかかわってきたかはどうでもいい。真実を知るのはつらいけれど、彼と離れて暮らすのはそれ以上の苦しみなのだから。クレアはついに降参した。デインにそばにいてほしかった。なにがなんでも、そばにいてほしかった。

「ドミニカで、あなたがメイ・リンとキスしてるのを見たわ」クレアは突然そう言った。

「きみがいるのには気づいてた」

「言うことはそれだけ？」こうあっさり認められたのでは拍子抜けする。

「キスしたんじゃなく、されたんだ」信じる信じないはきみの勝手だが、と宝石を思わせるデインの瞳が挑みかかった。

「そんな話、初めて聞いたわ」

「初めてきかれたからだ。姿勢を楽にして少し休んだら？　返事はあとで聞かせてくれればいい」

「返事が必要？　結局は、すべてをあなたが決めるくせに」

非難がましい言葉を投げつけたものの、すでに心は決まっている。もはや心の欲求を抑えることはできなかった。

「ぼくは一時的な避難所じゃない。気に入らなかったらまた出てゆけばいいなんて考えないことだ」彼は横柄に釘を刺した。「実の父親のほかに義理の父が三人もいるぼくの立場から言わせてもらえれば、出産後の離婚は絶対に認められない」

デインがどんなつもりで言ったにせよ、クレアはその言葉を聞いてほっとした。少なくとも彼の人生の片隅に、私の居場所ができたということだ。それ以上でもそれ以下でもない。これまでどおり、彼はしたいことをしてひと月の三分の二をよそで過ごすだろう。それでもいい。いまは赤ちゃんのことを第一に考えるべきなのだ。たまにしか顔を見せない父親であっても、いないよりはましというものだろう。

「わかったわ」しぶしぶといったふりをしても声に喜びがにじみ出たのか、デインはいぶかしげにクレアを見つめた。「一人暮らしもつまらないし、それに私、田舎が大好きだから」

「それじゃ、まるでぼくは抱き合わせ販売の商品みたいじゃないか」

「そうね。よほど広大な屋敷つきでもないかぎり、あなたを大目に見るのはむずかしいと思うわ」クレアはデインが脱いだシャツを枕にして横たわり、あくびをかみ殺した。「始終あなたにつきまとってがみがみ言うより、そのほうがいいでしょう?」

願いがかなってほっとしたせいか、クレアはすぐに眠りに落ちた。でもすぐに――気分がすっきりしないのでそう感じただけなのかもしれないが――起こされてしまった。

「シャンパンのせいかな」デインはふらつくクレアを支え、サンダルをはかせた。

「二杯しか飲んでないわ」

「空腹にはきくからね。こんなところで寝るより、家に帰ってベッドでやすんだほうがいい。三時だから、そろそろ迎えの車が来るはずだ」

十分後、車は並木道を抜け、豊かな緑に囲まれたジョージ王朝様式の屋敷の前に停車した。

ポーチへの階段をのぼりきらないうちにトンプソンがドアを開け、心にしみる優しい笑顔で二人を迎えた。広い玄関ホールの床に敷きつめられたモザイク模様のタイルが窓から差し込む午後の陽光を反射してきらきらと輝いている。

「だいぶ疲れているようだから、家の見学は明日にしよう」デインはそう言って老執事に笑いかけた。

眠気は覚めたがクレアの背中の痛みは相変わらずだった。大事をとって横になったほうがよさそうだ。

デインは先に立って優雅な曲線を描く階段をのぼり、寝室のドアを開けた。そのとき突然、腹部によじれるような痛みが走ってクレアは思わず声をあげた。

「どうかした？」彼が緊迫した口調で問いかけた。

ベッドにたどり着くと、またすぐ新たな痛みが押し寄せてきた。「もしかしたら生まれるのかも……。近くに病院は？」

それを聞いたとたん、凍りついたように立っていたデインがたちまち活動を開始した。部屋を飛び出し、階段の踊り場から大声でトンプソンを呼ぶ。そのあいだ、またもや強烈な痛みがクレアに襲いかかってきた。

「ぼくのせいだ」デインはすぐ戻ってきてクレアをベッドから抱き上げた。「フラットから乱暴に連れ出したから」

「いいえ、悪いのは私だわ。普通の痛みじゃないって、もっと早く気づくべきだったのよ。でもまさかこんなに早くなるなんて……」

デインはクレアを抱いて階段を下り、車に乗せて村の病院に向かった。

「おやまあ、この子はずいぶん急いで出てくる気だわ」助産婦の陽気な声がし、周りのだれかがいくつか質問をしてきたが、すでに陣痛が始まっていて答えるどころではない。

「デイン！」痛みのさなかにクレアは叫んだ。

「書類なんかあとにしてくれ」だれかにかみつく声がし、次の瞬間、男などなんの役にも立たないと言いたげな看護師を尻目にデインが分娩室に飛び込んできた。「ぼくはここにいるよ」

瞳に愛と感謝をたたえ、クレアは差し伸べられた手を握った。

「婦長、心音が二つ聞こえますけど」大声が飛ぶ。それが不思議？　私と赤ちゃん。心臓が二つあって当たり前なのに……。

三十分後に生まれたのは双子だった。最初は女の子で、次が男の子だ。

「でかしたぞ！」デインは興奮してクレアの汗ばんだ額にキスの雨を降らせた。

「しばらく外でお待ちいただけますか」婦長がデインに耳打ちした。「お知り合いの方が落ち着くまで」

「知り合いじゃなく、ぼくの妻です」デインは胸を張って訂正し、クレアはそれを聞いて優しくほほ笑んだ。

体をきれいにし、病院のガウンに着替えてから、クレアは再びデインと顔を合わせた。母親は疲労困憊していたが赤ちゃんは二人とも健康で、髪は父親譲りのブロンド、瞳はやはり彼の家系から受け継いだらしいダークブラウンだった。体重はやや少なめだが、早産の場合、これくらいが普通だと医師は請け合ってくれた。

「心配で心配で気が変になりそうだった。でも、もう大丈夫だね？」デインはベッドの端に腰を下ろし、妻の手を握り締めた。「二人とも天使のように美しい。赤ん坊があんなに小さいものだとは思わなかったな」いつもは精悍なまなざしがいまは夢見心地にうるんでいる。「ゆっくりやすんで」

クレアは物憂げな笑みを返した。私はデインのなかに愛を呼び覚ますことはできなかったかもしれない。でも二人の天使たちは、あの小さな手と足ですっかりパパの心をとらえてしまったようだ。子どもたちの誕生の一瞬にデインが見せた感動と喜びの表情を、生涯忘れることはないだろう。時とともに新鮮な驚きは薄れてゆくかもしれないけれど、たったいまこの世に誕生した美しい子どもたちが二人を結ぶ確かな絆になってくれるに違いない。

「きみはずいぶん変わったね、クレア」カーターの声にそれとない恨みがましさが響いた。「うまくやったじゃないか。まさかデインがこんなに落ち着くとは思わなかったよ。子どもができたので観念したのかもしれないが」

「それ以上無礼なことを言うなら、ここから出ていってもらうよ」デインが近づいてきて後ろからクレアを抱き寄せ、赤面したカーターに冷ややかな視線を向けた。「フレッチャー家の連中ときたら、子どもの命名式まで台なしにする気だ」そう言いながら、彼はカーターを無視してクレアを別の部屋に連れ去った。

「認めたくないけれど、あなたの言うとおりね。スティーヴ以外はみんなのぞき趣味を満足させに来たみたい。シーリアは家中のものを値踏みして駆けずりまわっているし、サンドラなんか赤ちゃんを見てもにこりともしないの」

「もうちょっとの我慢だ。みんなじきに帰るはずだから」デインは笑い、クレアの腕を放した。

最近はいつもこう。人前ではことさら親密さを誇示するものの、二人きりだとめったに体に触れようとはしない。マシューとジョーイの誕生からはや七カ月。家庭生活は一見平和で幸せそうだが、二人はいまだに寝室を別にし、ほんとうの意味での夫婦にはなっていなかった。それでも、クレアはこれまでにないほど深くデインを愛し、彼も人が変わったように家庭を大事にしてくれている。その努力に感謝しこそすれ、恨むことなどできるはずもなかった。ふと顔を上げると、物悲しい微笑をたたえたデインがじっとこちらを見つめている。その一瞬、愛する男性への強烈な憧(あこが)れに貫かれ、クレアはときならぬ欲望に慌ててふたをした。「子どもたちの様子を見てくるわ」

「乳母の仕事を奪う気かい?」

デインこそ、朝の六時からこっそり子ども部屋をのぞきに行っているくせに。クレアはほほ笑んだ。「もう何時間も顔を見ていないんですもの」

「そうだね。今日は長尻の客が多いから」デインは大勢の客でにぎわう居間を見まわして、ため息をついた。

「お客さまがお見えです、奥さま」子ども部屋に向かう途中、クレアはトンプソンに呼び止められた。「ミスター・ウォーカーとおっしゃる方で、奥さまと二人で話したいとか……。書斎にお通ししておきました」

マックスが？　いまさらなんの用があるのかしら？　クレアは眉をひそめ、書斎に急いだ。

顔を合わせるなり、マックスは妙に軽い口調でしゃべり出した。「きみを捜すのは容易じゃなかったよ。電話帳にも名前が載ってないし、しょっちゅう外国に行っているようだし、やっとつかまえたと思ったらパーティの真っ最中だときてる」

「元気そうね、マックス」クレアはためらいがちに手を差し伸べた。

彼はその手をきつく握り返した。「きみが訪ねてきたあの日、ひどいことを言って悪かったね。けど、あれから状況が変わったんだ。いまは仕事にも就いたし、きみのいとこから事情を聞いたよ。あのとき、なぜほんとうのことを話してくれなかったんだい？　きみが結婚したことも、そうしなけりゃならなかった理由も、きみのいとこに電話して初めて知ったんだ。驚いたよ」

「いとこ？」クレアは長すぎる握手を終わらせようとした。

「カーター・フレッチャーだよ。きみがぼくのためにどれほど大きな犠牲を払ったか、彼が詳しく話してくれたんだ」

心のなかでカーターをのろい、クレアは執拗なマックスの手を振りほどいた。余計なことを！　祖父の遺言について第三者に話すなんてお節介もいいところだ。「私がどんな犠牲を払ったというの？」

「デインと結婚したのはぼくのためだったんだろう。彼がどんなやつか、新聞を読んでいれば察しがつく。きみと結婚してからも相変わらず浮き名を流しているじゃないか」

腹立たしさのあまり頬がほてる。「私たちの結婚について、あなたにとやかく言われたくないわ」

「いいかい、スーとは……そりゃ、彼女のことでは頭にきただろうが……」

「スーとは関係ないことよ」クレアはかっとして言い返した。「カーターの言葉を信じる信じないはあなたの自由だけれど、私はデインを愛しているの」

「そんなはずはない。きみがデインと結婚したのはアダム・フレッチャーの遺産を受け取るためだったとカーターが言っていた。彼とはいずれ別れて、ぼくと所帯を持つつもりだったんだろう？」

「聞こえなかったの？　私はデインを愛していると言ったのよ」

「スーとは別れた。いまでもきみが好きなんだ、クレア」かつての感情を呼び覚まそうとするかのように、マックスはクレアの両手をしっかりつかんだ。「結婚しよう。デインとは別れりゃいい。これ以上彼のそばにはいたくないだろう？」彼は焦っていた。自分が道化役を演じていることに気づき始め、怒りをつのらせている。「きみを傷つけてしまってどんなに悔やんだか、どんなにきみに会いたかったか、わかってほしい」

涙がまぶたを刺す。クレアはだれも傷つけたくなかった。マックスは寂しかったのだろう。孤独と所在なさを紛らすために、スーとの関係に走ったのかもしれない。でも、いまとなってはどうでもいいことだ。再会は二人に気まずさしかもたらさなかった。「マックス、私たちには双子の赤ちゃんがいるの。悪いけれど……」

マックスは突然クレアの手を放し、一歩退いた。振り向くと、そこには冷笑を浮かべたデインが立っていた。

10

「感動的なシーンを邪魔して悪いが」デインは華麗な、しかしこの上なく非情な作り笑いを浮かべていた。「客がお待ちかねだ。早く居間に戻りなさい」

サファイアブルーの瞳にちらっと冷たい怒りがよぎったが、それもつかの間のことだった。長いまつげがすぐにその表情を覆い隠す。

あなたとマックスをここに残して？　とんでもない。デインの憤怒を理解しかねてクレアは唇をかんだ。「マックスを見送ったらすぐに行くわ」

意外にもデインはそれ以上言いつのらず、クレアの後ろに立つマックスに侮蔑のまなざしを投げた。「心配しなくても、この男に指一本触れるつもりはない」吐き捨てるように言うと、踵を返して立ち去った。

「いつもきみにあんな口をきくのか？」マックスは首でも絞められたみたいにシャツの襟元を緩めた。

「機嫌が悪いときはそうなの」デインの態度に胸を痛め、クレアは再びマックスを見上げた。「悪いけれど、もう帰ってくださる？」

「やつはきみを愛しちゃいない」マックスはクレアの困惑した表情を勝手に解釈して言った。「見たかい、きみをばかにしたようなあの目つきを？　堕落しきった女たらしだ」

「本人の前でそう言ったら？　それくらいの度胸があれば、少しはあなたを見直すのに」

皮肉を言われて腹を立て、マックスは憤然として部屋から出ていった。

パーティに戻ってもデインは慇懃(いんぎん)無礼にクレアを無視し続けた。「彼、どうかしたの？」耳元でほろ酔いかげんのランディがささやいた。

「別に」クレアは硬い声でつぶやいた。

「デインがやたらかっかしてるってジルが言ってたけど、そうでもなさそうね」

デインがかっかする理由はない。私がマックスを招待したわけではないのだから。でも考えてみれば、デインは私がいまだにマックスを愛していると信じているのだ。私はその誤解を解こうとしたことはないし、デインもそれについて一度も口にしたことはない。クレアは居間の向こうで友人たちと談笑するデインに視線を向けた。

　夜遅く、最後の客を見送ると、クレアは足早に玄関ホールをあとにした。が、すぐさまデインに引き止められた。

「どこに行くんだ？　寝室ならおともするよ。だがその前に」彼はクレアの背筋をすっと撫(な)で、両手で腰をつかむと引き締まった男らしい体に引き寄せた。

荒々しいキスに不意をつかれ、長い孤独に耐えてきた体は乾ききった干し草のように一気に燃え上がった。デインは頭を上げ、クレアは異様な光を放つブルーの瞳に暗い意図を読み取って震えた。

「招待を待っていたら永遠に待ちぼうけを食わされかねない」彼は寒々とした声でつぶやいた。「いったいあいつはなんの用があってここに来たんだ?」

クレアは彼の腕から逃れようと身をよじった。「単なる儀礼的訪問よ」

「ほう、あれが儀礼的だというのか。きみはめそめそ泣きながらいまや囚われの身だと、双子ができたので逃げることもできないと訴えていた」デインはクレアの紅潮した顔をにらみすえた。「出てゆくなら子どもたちは置いていってもらうし、ここにいるならもう独り寝は許さない。そろそろ妻としての自覚を持ってもらいたいね。妻は夫に対してしかるべき義務を……」

「私たちは世間一般の夫婦とは違うわ」クレアは頑固に言い張った。カリブでも、ウィッチウッドで一緒に暮らすようになってからも、デインは私の体にまったく関心を示さなかった。それなのに、マックスとの再会に妻が涙したと思い込み、ここで夫の権利を主張しないと男の沽券にかかわるとでも思ったのだろうか。なんという皮肉。もしこれがきのうだったら、あるいはおとといだったら、やっとほんとうの夫婦になれるとためらいなく彼の腕に飛び込んだだろうに。でもいま、こんな形で結ばれるのはいやだ。彼の欲望が愛ではなく、怒りと見当違いな嫉妬に根ざしているいまは……。

「失礼します、ミスター……ミセス・ヴィスコンティ」乳母の硬い声が沈黙を破り、デインは瞳に威嚇をたたえたままクレアから腕をほどいた。

そのすきにクレアは自分の部屋に逃げ込み、ドアに鍵をかけてベッドに突っ伏した。怒りに任せて妻をねじ伏せようとするデインが憎くてならない。私のほうは日々刻々、彼を求めてやまない体のうずきと闘っているのに……。彼と一緒に暮らしたいなら、プラトニックな関係を維持するしかないと懸命に自分に言い聞かせているのに……。

「ドアを開けるんだ、クレア！」真鍮の取っ手ががちゃがちゃと音をたてる。

「あっちに行って！」枕に顔を押しつけたままクレアはこもった声で叫んだ。

ものすごい音がしたかと思うと鍵が壊れてドアが開き、戸口の向こうにデインが立っていた。「夫を締め出そうなんて二度と考えるな」びくっと身を起こしたクレアを、デインはたっぷり十秒間にらみつけていた。「それほどマックスが恋しいなら、行けばいい」顔つきとは裏腹に静かな声だった。「感謝すべきかな？　きみはマックスにぼくの悪口を言うどころか、愛しているとさえ言った。だがきみがここにいるのは子どもたちのため、ぼくとの約束を守るためだ。ただ、きみ自身、いやでもぼくに反応してしまう体の欲求だけはどうすることもできずに怯えている」

「デイン……あなた、誤解しているわ」

「そうは思わない。マックスが現れるまで、ぼくたちはうまくいっていると思っていた。だがきみは恋人のことを考えながらほかの男とベッドをともにできる女だったわけだ。そんな相手に忠義立てして一年も禁欲生活を続けてきたとは、ぼくも相当おめでたい。しかし、こんな生活はもうおしまいだ。好きなようにすればいい、クレア。今夜はぼくも自由になってどこかの心優しい美女に慰めてもらうさ」

クレアは電気ショックでも受けたみたいにベッドから飛び下りた。「そう、だったらさっさとほかの女性のところに行ったら？　二度と帰らなくていいのよ」言いつのるうち、頭は一歩遅れてデインのひと言を理解した。「禁欲生活？」クレアは呆然とつぶやいた。「デイン、私が愛しているのはマックスじゃ……」

だが、夫の姿はすでになかった。

自尊心と称するプライドを後生大事に抱き締めてきた私のせいで、慎重に再構築してきた二人の関係が一瞬のうちにくずれてしまった。そうなっても不思議ではない。私がいまでもマックスを愛しているとデインが信じているかぎり、ほんとうの結婚生活など築けるはずはないのだから。デインに愛されていないという事実は、この際問題ではなかった。少なくとも彼は正直だった。でも私は……ほんとうの気持を何か恥ずかしいもののようにひた隠し、その結果、彼を遠くに追いやってしまった。

クレアは地下駐車場までデインを追ったが、彼のフェラーリはすでに走り去ったあとだった。

マックスの前でデインを愛していると言った私の言葉を聞きながら、彼はそれを信じなかった。無理もない。私自身、いまだにマックスに心を残しているふうを装っているのだから。それなのに、私がマックスと暮らしていると思い込んでいた時期にさえ、デインはいっさい女性には触れなかったという。

今夜デインがほかの女性を求めても責めることはできない。愚かなプライドがすべてを台なしにしてしまった。クレアは寝室に戻り、無意識に寝支度を始めた。デインがどこで何をしようがその責任は私にある。いまとなっては、たとえつらくても本心を告げる以外に道はなかった。痛む心を抱え、クレアは子どもたちの寝顔を見に育児室に向かった。

まず目に入ったのは、常夜灯のほの暗い光のなかに立つすらっとした男のシルエットだった。マシューをベビーベッドに戻し、そっと上がけをかけている。息詰まるほどの安堵にひたされ、クレアは思わず陳腐な質問を口にした。「いつ戻ったの？」

「そこの角まで走って思い直した」デインは陰気にほほ笑んだ。「玄関のところで荷物を抱えた乳母と出くわしてね。こんな不道徳な家にはいられないとトンプソンに食ってかかったそうだ。妻に向かって大声をあげたりドアを蹴破ったりする暴君には仕えられないというんだろう。悪かったね、ぼくのせいで……」

「かえってよかったわ。あんな杓子定規な人より、子どもたちにはもっと若くて明るい女性のほうがいいと思っていたの」

「トンプソンの姪に気立てのいい女の子がいるとかで、すぐに紹介すると言ってくれたよ。乳母がさんざんぼくたちのことをこき下ろしたので、彼はだいぶおかんむりだ」デインはクレアの肩を抱いてドアに向かった。「いまマシューと話していたんだ。辛抱強く聞いてはくれたが、そこの角までしか行けなかった情けない父親の面子を保つ方法までは教えてくれなかったよ」彼は主寝室のドアを開けた。「居間ではまだトンプソンが仕事をしているからここで話そう」

部屋の真ん中に立ち、クレアは意気地なく絨毯に視線を落とした。目と目を合わせて思いを伝える自信はない。「もっと前に打ち明けるべきだったんだけれど……」

「何か謝るつもりなら聞く気はないよ」デインがさえぎった。「今夜のぼくはどうかしていた。きみとマックスが一緒にいるところを見ただけで、頭に血がのぼってしまったんだ。ぼくを愛していると言ったきみの言葉も本心とは思えなかった。ぼくが言いたいのは……つまり……悪かったよ、クレア。許してほしい」

クレアは顔を上げ、真摯な謝罪をたたえたまなざしを受け止めた。

「もうどこにも行かないでくれるね?」

「ええ、どこにも」

デインの顔がほころんだ。「じゃ、マックスは二度とここには来ないってこと?」

クレアはこっくりとうなずいた。「愛しているのはあなたですもの」それは勇敢な告白というより、かすかな羽音のように口からこぼれた。

「角まで行ってふと考えたんだ。きみが出ていったらどうしようってね」どこか遠くを見るような目つきでデインはつぶやいた。「そばにいながら、きみに触れることもできない毎日がどんなにつらかったか。もっと早く、正直にこのことを話すべきだったといまは思う。だがきみをここに連れてきたとき、自分がなぜそんなことまでするのかよくわかっていなかったんだ」デインの視線はクレアの左側のどこか一点を凝視している。

さっきの言葉は彼の耳には届かなかったようだ。クレアはそのとき初めてあることに気がついた。落ち着き払っているように見えるけれど、彼は恐れている。私の心が見えずに不安がっている。

クレアは深々と息を吸い込んだ。「あなたを死ぬほど愛しているのに、なぜここから出てゆくと思うの？　あなたのいない生活なんて、とても耐えられないわ。最初から気持を打ち明けていたら、マックスのことで誤解を招くこともなかったでしょうに。でも、哀れみなど欲しくなかった。プライドが、つまらない意地が、あなたとのあいだの溝をさらに深くしていったのね」

デインはクレアにまっすぐ目を向け、身じろぎもせずに聞き入っている。

「愛してほしいとまでは言わないわ」クレアは消え入らんばかりの声で続けた。「でも、私たちにはほかのものが、共有できる何かがある……」

とぎれがちの告白をデインがいきなりさえぎった。「ぼくを愛しているって？　いつから？」そう言うなり荒々しくクレアを抱き寄せた。

「たぶん、初めて会ったときから」万力のような抱擁に押しつぶされそうになりながらクレアは笑った。「でも、ドミニカに行くまで自分でもそのことに気づいていなかったの。それまではマックスが好きなんだと思い込んでいたから」

「じゃ、マックスにぼくを愛していると言ったのはほんとうだったんだね？」

「ええ、ほんとうよ」

「あきれた女性だ」デインは彼女の体を揺さぶった。「ぼくの気持がわからない？　曲芸飛行チームに頼んで空に大きく書いてもらおうか？　きみを愛していると神に誓ってもいい。そうじゃなければ、あんなにしてまできみを連れ戻そうとするだろうか」

「私がドミニカからロンドンに帰ったあと、寂しかった？」問わずもがなの質問をする。

デインはうめき、軽々とクレアを抱き上げてベッドに倒れ込んだ。「愛していることに気づいたのはきみがストレスで倒れたときだった。泣いている姿を見るのはとてもつらかったよ。きみをロンドンに連れてきて以来、世間知らずのいとこを守りたいと思っているだけなんだと自分に言い聞かせてきた。覚えている？　ドーチェスター・ホテルであの朝、きみは趣味の悪い花模様のナイトドレスを着てベッドに……」彼はにこりと笑った。「あんな格好の女性をセクシーだと思ったのは初めてだ。そして、そんなふうに感じる自分が恐ろしくなって逃げ出した。きみを抱いたときだって、心の底からきみを求めていたのに、ばかばかしい言い訳を並べ立てて自分を正当化しようとした。結局、あれ以来きみの虜になってしまったわけだけれど」ディンは少し無念そうに顔をしかめた。「きみがほかの男と暮らすと言い出したときはたまらない気持だった」

「でもあの日、マックスのことをきいたのはあなたのほうよ」

「盗まれたバッグから彼の写真が出てきたときは愕然とした。きみを信用しなかった自分を責め、可能なかぎりきみたちの関係修復に協力しようと心に誓ったんだ。その結果、きみがマックスを選ぶなら仕方ない。ぼくには邪魔する権利などなかった。それでも、きみがマックスと暮らしていると思い込んでいたときは気が変になりそうだった」

「あなたったら、引き止めるどころか、飛行機に乗る私を笑顔で見送ったじゃない」

「きみがマックスに恋していると思ってたからだ。それなのに、ドミニカではきみに必死で言い寄ろうとしてたけどね。ことごとく失敗に終わったが」

これまで〝誘惑する女〟の役を演じたことはなかったが、クレアはいま、ディンのシャツのボタンを外すのに忙しかった。慣れないことに指が震えるが、彼は気づくふうもない。

「ドミニカでの作戦はすべて裏目に出た」ディンは苦い思い出に眉を曇らせた。「あのころ、いや、いまでも、愛の伝え方をよく知らないんだ。きみが怯えないようにと距離をおいても、きみはぼくに触れられるだけで耐えられない様子だった」

「でもあの晩、あなたは浜辺で私を押しのけて立ち去ったわ」

「心はほかにありながら、体だけ投げ出してきたと誤解したんだ。とても親しみやすいのに近づきにくい。きみはまったく大した女優だ」デインはふと気づいて眉を寄せ、クレアを見下ろした。「何をしてるの?」

「なんだと思う?」長い、孤独な夜に夢見てきたすべてを、クレアはいまためらうことなく自分のものにしていた。本能に導かれるまま、ドラムのように乱れ打つデインの胸に唇を押し当て、ゆっくりと官能の世界に沈み込んでゆく。

低くうめき、デインは体をぴくりとさせた。クレアはさらに大胆になり、平たいおなかに手を滑らせ、そのあとを熱いキスでたどっていった。無駄のない見事な男の体が歓喜に震える。クレアは思いきってベルトのバックルに手をかけた。

「そんなこと、しなくていい」言葉を裏切り、ブルーの瞳には隠しようもない欲望の嵐が吹き荒れている。だが、引き締まった太腿を上下する手の動きについに抑制を失い、彼はクレアを抱き上げて胸と胸を重ねた。

歓喜を予感する一瞬、互いのまなざしがからみ合う。デインは両方のてのひらに形のいい胸を包み込むと、突然荒々しく唇を奪った。クレアの喉の奥から小さなうめきがもれる。それ以上の誘惑は必要なかった。せわしないキスの合間に服が脱ぎ散らかされ、求め合う体は二本の火柱となって燃え上がった。

それは激しく唐突な出来事で、洗練された大人の愛の行為ではなかった。男の高ぶりがやわらかな女のなかに分け入る。その瞬間、周りの世界ははじけ飛んだ。デインは感きわまったようにうめき、その声はクレアの欲望をさらにかき立てた。彼は私を欲しがっている……ほかのだれでもなく、この私を欲しがっている。そこで思考の糸はとぎれ、クレアは愛の奇跡にのみ込まれていった。

「とてもすてきな気分よ」

デインは笑った。「そうだろう?」

「どこへでも飛んでゆけそうな気がするわ」

「ぼくと一緒なら」デインはベッドに肘をついてクレアを見つめた。サファイアブルーの瞳には、これまで見たことのない優しさがあふれている。「最高に幸せだ」デインはささやき、クレアは目に涙をたたえて愛する男性を抱き締めた。ずっと、ずっと、こうしたくてたまらなかった。

「ほんとうはドミニカから離れたくなかったの。引き止めてくれればよかったのに」

「やれやれ、あれはぼくの生涯で最も気高い行為だったのに。でも一時間後には後悔していた」デインはクレアの額からそっと髪を払いのけた。「もう二度とあんな思いはしたくない。きみがマックスと暮らしていると思い込んでいた何カ月かは地獄の苦しみだった」

クレアは滑らかな肩の筋肉に唇を押し当てた。「ごめんなさい。知らなくて……。あなたはどうなの？　だれかいたの？」

「だれもいなかった」デインはきっぱり否定した。「身長百五十二センチで、劣等感だけは特大サイズの赤毛の女性はそうざらにはいないからね。ほかの女に興味はない。メイ・リンとテラスにいたときも……」彼はクレアのつややかな赤毛に指を滑らせた。「足音がしたのでわざと彼女を押しのけなかった。実はメイ・リンを島に呼んだのもそのためだったんだ。きみがどう反応するか知りたくてね。思えばばかなことをしたものだ」

「いいこと、今度あんなことをしたら……」クレアはデインを優しくにらみ、たくましい胸に指を滑らせた。

「肝に命じておくよ」

「ここにあるシーツや絨毯のように、あなたは私のものよ。そうね？」

「前言を取り消すよ。きみは相当の自信家だ」デインは枕に頭を預け、黄金色に輝く体でクレアを誘った。「今夜は放さないよ」

「愛しているわ」

「続けて……」

いつか娘が大きくなったら、ときにはおとぎ話が現実になることもあるのだと話して聞かせよう。夫にキスを返しながらクレアは心のなかで誓っていた。

●本書は、1998年2月に小社より刊行された作品を文庫化したものです。

情熱はほろ苦く

2023年12月15日発行　第1刷

著　　者／リン・グレアム
訳　　者／田村たつ子（たむら　たつこ）
発 行 人／鈴木幸辰
発 行 所／株式会社ハーパーコリンズ・ジャパン
東京都千代田区大手町1-5-1
電話／03-6269-2883（営業）
0570-008091（読者サービス係）

印刷・製本／中央精版印刷株式会社

表紙写真／© William Moss | Dreamstime.com

定価は裏表紙に表示してあります。

ISBN978-4-596-53104-9

12月8日
発売

ハーレクイン・シリーズ 12月20日刊

ハーレクイン・ロマンス

愛の激しさを知る

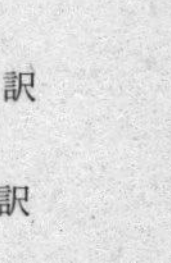

今夜だけはシンデレラ
〈灰かぶり姉妹の結婚 I〉　リン・グレアム／飯塚あい 訳

大富豪と秘密のウェイトレス
《純潔のシンデレラ》　シャロン・ケンドリック／加納亜依 訳

悪魔に捧げた純愛
《伝説の名作選》　ジュリア・ジェイムズ／さとう史緒 訳

愛なき結婚指輪
《伝説の名作選》　モーリーン・チャイルド／広瀬夏希 訳

ハーレクイン・イマージュ

ピュアな思いに満たされる

失われた愛の記憶と忘れ形見　ケイト・ヒューイット／上田なつき 訳

イブの約束
《至福の名作選》　キャロル・モーティマー／真咲理央 訳

ハーレクイン・マスターピース

世界に愛された作家たち
〜永久不滅の銘作コレクション〜

禁断の林檎
《ベティ・ニールズ・コレクション》　ベティ・ニールズ／桃里留加 訳

ハーレクイン・プレゼンツ作家シリーズ別冊

魅惑のテーマが光る極上セレクション

振り向けばいつも　ヘレン・ビアンチン／春野ひろこ 訳

ハーレクイン・スペシャル・アンソロジー

小さな愛のドラマを花束にして…

シンデレラの白銀の恋
《スター作家傑作選》　シャロン・サラ他／葉山　笹他 訳